OHNE DEN HUND WÜRDE MAN
ALL DAS JA GAR NICHT ERLEBEN!

Über das Buch

Wer viel zu Fuß unterwegs ist wie Henning Wiese und sein Hund Rosine, für den gehören sie zum Alltag: Hundebegegnungen mit außergewöhnlichen Vier- und Zweibeinern. Unglaubliche Dinge gibt es dabei zu erleben und noch unglaublichere Geschichten zu erfahren.

Die Treffs am Wegesrand sind nicht nur Bühne und Nachrichtenbörse, sie führen manchmal auch zu einer ganz neuen Sicht der Dinge. Was Rosine zum Beispiel immer schon wusste, beginnt auch ihr Herrchen langsam zu ahnen: Die Hunde sind die Normalen!

Jörg Schröder, Jahrgang 1969, lebt in Ostfriesland. Hunde und ihre Menschen wurden zu seinem Thema, als ihn Jahre nach den ersten literarischen Versuchen seine schwarze Labradorhündin mit der Nase darauf stieß, über was es sich wirklich zu schreiben lohnt.

Jörg Schröder

Der Gassimann

Schröders Hundeleben Verlag

1. Auflage 2011

Inhalt gedruckt auf FSC-zertifiziertem Papier
Umschlag gedruckt auf PEFC-zertifiziertem Papier

Schröders Hundeleben Verlag
www.schroeders-hundeleben.de
ISBN 978-3-981-41290-1

Für Whisky

1.

Zwei dunkle Augen beobachteten Henning Wiese, der ahnungslos über seinen Computer gebeugt am Schreibtisch saß. Kein anderer Laut als das gelegentliche Tippen von Tasten war zu hören, kein Atemzug, kein Knarren der Dielen verriet, dass er nicht allein war. Die Blicke, die sich in seinen Rücken bohrten, waren so durchdringend, dass sie beinahe körperlich zu spüren sein mussten. Er war jedoch zu sehr in seine Arbeit vertieft, um irgendetwas anderes als das Bild auf seinem Monitor wahrzunehmen. So merkte er auch nicht, wie sich im Raum eine gedrungene Gestalt langsam in Bewegung setzte. Ihm entgingen die kaum hörbaren Schritte und das leise Geräusch des spitz gezackten Gegenstandes, der erhoben wurde. Der über den Boden gleitende Schatten, der ihm im Augenwinkel eine vielleicht noch rechtzeitige Warnung hätte sein können, drang nicht in seine Wahrnehmung. Draußen vor dem Fenster wippte ein kleiner Vogel auf einen Zweig, als gäbe es keine Bedrohung auf der Welt und keine unerbittlich ablaufende Uhr.

»Ach, nee, was soll denn das«, rief Henning und ließ sich in die Lehne seines Schreibtischstuhls fallen. »Musst du mir unbedingt deinen sabbrigen Schmuddeligel aufs Knie legen?«

Sein Hund wedelte nicht nur mit dem Schwanz, sondern mit dem ganzen Hinterteil vor Freude über diese eindeutige Sympathiebekundung. Henning sah auf die Uhr.

»Wie ist das möglich? Gleich vier!« Er speicherte seine Datei. »Mal wieder nur halb fertig... immer das Gleiche.

Wohin soll das nur führen? Komm, Rosine, los geht's, höchste Zeit. Ja, ja, jetzt geht's los! Wo ist denn dein Halsband?«

Isabelle Wiese war im Wohnzimmer, ordnete Papier und summte dabei entrückt eine Melodie vor sich hin. Henning steckte seinen Kopf durch die Tür, auf dem bereits ein grüner Falthut saß.

»So, ich geh dann mal los!«

»Wie...? Oh, ja! Ich hab mich schon gewundert, warum ihr noch da seid. In welchen Sümpfen wollt ihr euch heute rumtreiben?«

Er hatte es sich zur Gewohnheit gemacht, auf solche Bemerkungen nicht mehr einzugehen. Es lohnte sich nicht.

»Ich fahr einfach mal los. Irgendwohin, wo man schön für sich ist.«

Auch wenn die Sonne nur gelegentlich schien, war doch schon der Frühling in der Luft. Die Vögel sangen, der Duft von Erde wehte über das flache Land und Rosine kratzte Kuhmist vom Boden. Sie waren auf einem langen, von Strauchwerk gesäumten Feldweg unterwegs. Henning hatte das Auto an einer kleinen Gemeindestraße abgestellt, um einen Rundweg abseits aller Behausungen zu machen. Keine anderen Spaziergänger, keine Menschen mit Hunden, überhaupt niemand weit und breit! Hier konnte er den Kopf frei kriegen.

Gerade hatte er dies mit tiefer Zufriedenheit festgestellt, drang eine Stimme durch das Gestrüpp:

»Bei Fuß, Bonnie! Bonnie, bei Fuß!«

In einer Einmündung zehn Meter voraus erschien ein

ausgewachsener Wolfshund. Henning musste zweimal hinsehen, um den unerwarteten Anblick nicht für ein Trugbild zu halten. Verglichen mit dem ungeheuren Tier schrumpfte Rosine zum Schoßhündchen.

Für diese war es allerdings kein Grund, nicht schwanzwedelnd auf geradem Wege hinzulaufen, die Rufe ihres Herrchens missachtend.

Am anderen Ende der Leine war eine junge Frau mit einem roten Rucksack auf dem Rücken.

»Hallo!« grüßte sie. »Wer bist du denn?«

»Das ist Rosine«, antwortete Henning im Näherkommen, indem er die Frage nicht auf sich bezog. »Labrador von Haus aus. Und ohne jeden Respekt, wie man sieht.«

Die beiden Hunde umkreisten sich schnüffelnd, wobei Rosine schnell herausfand, dass es eine Abkürzung unter dem Bauch des Kollegen hindurch gab.

»Ach, das ist ja lustig. Du bist Rosine! Ja, komm doch mal her. Unsere Große hier heißt Bonnie.«

Da war er nun fast eine halbe Stunde mit dem Auto in die Einsamkeit gefahren, um schon in ein Hundegespräch verwickelt zu sein.

»Ein Prachtexemplar«, sagte er, wie die Etikette es vorschrieb. Und tatsächlich war er beeindruckt, denn er hatte noch nie einen Irischen Wolfshund aus dieser Nähe gesehen. »Mit so einer Begleitung braucht man sicher keine Angst zu haben.«

»Na, ich weiß nicht. Bonnie ist ein Angsthase und würde wahrscheinlich weglaufen, wenn jemand üble Absichten hätte. Hab ich nicht recht, Bonnie? Ja, du bist ein kleines Sensibelchen!«

Henning fasste dieses freimütige Geständnis als Kompliment auf.

»Aber es wollte uns noch nie jemand was Böses.«

Das wunderte ihn nicht. »Auf jeden Fall haben Sie hier ja wirklich den idealen Auslauf für die Rasse«, sagte er.

»Herrlich, nicht? Wir sind leider nicht von hier. Wir sind aus Emden.«

Aus Emden? Henning fragte nicht weiter nach. Wenn er sich richtig erinnerte, hatten Emdens Straßenzüge wenig Ähnlichkeit mit Bonnies ursprünglichem Lebensraum, Irlands grünen Weiten.

»Wir sind auf Pilgerfahrt«, fügte sie erklärend hinzu.

»Ah – auf Pilgerfahrt!«

Erst jetzt fiel ihm der lange Wanderstab auf, auf den sie sich nach Pilgersitte stützte. Auf Pilger traf man in Ostfriesland eher selten, da es nicht gerade zu den klassischen Durchgangsgebieten für die berühmten Wallfahrtsziele zählte, Santiago de Compostela und wie sie hießen. Umso größer war seine Bewunderung für ein solches Vorhaben.

Das Zweite, was ihm durch den Kopf schoss, war: Im roten Rucksack konnte sich nichts anderes als Hundefutter befinden.

»Und Sie kommen von Emden? Dann ist dies aber doch ein Umweg. Hätten Sie sich nicht besser an die Ems gehalten, um nach Süden zu kommen?«

»Nach Süden? Wir wollen nicht nach Süden. Wir pilgern nach Ihlow.«

Nach Ihlow...! In Ihlow gab es eine Waldlichtung, auf der einmal ein Kloster gestanden hatte. Es war nicht sehr weit entfernt. Nur wenige Felder trennten die Pilger vom

Rand des Ihlower Forsts.

An dieser Stelle stockte das Gespräch etwas.

Henning versuchte, einen Anschluss zu finden, der ihm so langsam das Weitergehen ermöglichte, aber wenn die Frau nach Ihlow wollte, hatten sie die gleiche Richtung.

In diesem Augenblick zog eine Bewegung hinter dem Rücken von Bonnies Frauchen seinen Blick auf sich. Ein zweiter Wolfshund kam da aus dem Gebüsch!

Henning zählte eins und eins zusammen. »Das muss Clyde sein«, war seine Schlussfolgerung. Die Wahrscheinlichkeit zumindest war groß, denn das Auftauchen eines zweiten Wolfshundes unabhängig vom ersten an dieser Stelle wäre ein Zufall gewesen, der dem Hauptgewinn im Schmatzo-fit-Gewinnspiel gleichgekommen wäre.

»Ja, richtig«, sagte seine Gesprächspartnerin und schien sich nicht einmal zu wundern. »Da kommt mein Freund mit Clyde, die hinken etwas hinterher.«

Rosine, die in den vergangenen Minuten zum Wolfshund-Experten geworden war, hieß den Neuankömmling in der Runde willkommen.

Dessen Herrchen, ohne Rucksack, dafür aber Träger von mehr Eigengewicht, stieß als Letzter zu der kleinen Gruppe. Er nahm Clyde an die Leine und sagte:

»Fehlanzeige.«

»Hallo«, erwiderte Henning diese ungewöhnliche Begrüßung.

»Schade«, sagte die Freundin. »Ich hatte schon gehofft...« Erklärend fügte sie an Henning gewandt hinzu: »Clyde hat vorgestern einen halben Eimer voll Maiskolben gefressen, die wir im Herbst aufgesammelt haben. Seitdem hat er ein Problem...«

Clyde machte tatsächlich ein unglückliches Gesicht und stand auffallend steif da.

»Der Arme«, fand Henning. »Da hilft vielleicht am ehesten viel Bewegung. Wir hatten das auch mal mit Rosine.«

»Das wäre ja schön. Am besten, wir gehen weiter!«

Henning überlegte. Sollte er seinen Rundweg aufgeben und umkehren oder sich dem Pilgertross anschließen? Rosine enthob ihn der Entscheidung. Sie würde es sicher nicht ohne Weiteres einsehen, sich schon wieder von ihren gerade gewonnenen Freunden zu trennen, und er hatte keine Lust, dumm dazustehen und vergeblich nach ihr zu rufen.

So setzte man gemeinsam den Weg in Richtung des Ihlower Waldes fort, der sich als dunkles Band schon deutlich abzeichnete. Bonnies und Clydes Frauchen setzte sich mit ihrem Pilgerstab an die Spitze gleich hinter Rosine, die den Weg sicherte. Henning und der Freund bildeten den Abschluss.

»Ich bewundere das, auf Pilgerreise zu gehen«, begann Henning nach einer Weile, denn er hatte das Gefühl, etwas sagen zu müssen.

»Ganz egal wohin oder wie weit«, fügte er hinzu, als er keine Antwort bekam. »Gerade heutzutage. Neulich war darüber ein interessanter Bericht im Fernsehen. Immer mehr Menschen nutzen das als Weg, den Kopf mal so richtig von allem freizumachen und zu sich selbst zu finden. Auch wenn sie nicht besonders religiös sind. Und viele haben es ja auch schon ganz verlernt, zu Fuß zu gehen.«

Als er sich schon fragte, ob das Sprechen beim Gehen den Pilgern etwa verboten sei, sagte der Wanderer:

»Ich pilgere nicht. Ich gehe nur mit den Hunden. Meine Freundin da vorne pilgert. Für mich ist das nichts.«

Henning zog die Augenbrauen hoch. »Ich verstehe«, sagte er nur.

»Ich bin doch kein Mönch«, fuhr der Mann fort. »Und so zu tun, als ob, was soll das. Frauen können das ja: An einem Tag christliche Betgruppe, am anderen Reiki und am dritten Leben nach Mondzyklen. Aber für mich ist das nichts. Ich gehe bloß mit den Hunden!«

Er schnaufte zur Bekräftigung seiner Worte, fügte dann aber versöhnlich hinzu:

»Naja. So ist das eben. Vielleicht hofft sie, dass Clyde auf wunderbare Weise von seiner Verstopfung geheilt wird. Auf die Art lernen wir mal eine andere Gegend kennen.«

»Was erzählst du da?« kam es von vorne. »Ich habe gute Ohren. Wie oft habe ich dir schon gesagt, das du dich auf etwas einlassen musst, wenn es was bringen soll. Aber du sperrst dich ja, wie immer.«

Henning fragte sich, ob er mit seinen gut gemeinten Bemerkungen etwa einen Privatstreit ausgelöst hatte und womöglich Gefahr lief, zwischen die Fronten zu geraten. Deshalb stellte er schnell eine neutrale, unverfängliche Frage:

»Wie kommt man eigentlich dazu, Irische Wolfshunde zu halten? Ich meine, das ist schon ungewöhnlich.«

Damit hatte er natürlich ins Schwarze getroffen. Er erkannte sofort die typische Mischung aus Selbstzufriedenheit und Stolz, als der Gefragte zu sprechen begann.

»Also, das ist einfach dieses Majestätische. Im Mittelalter haben die Könige in Irland Wölfe und Bären mit ihnen gejagt. Ich finde, das merkt man ihnen heute noch an. Solange sich der Einsatz nicht lohnt, sind sie total abgeklärt und ruhig und harmlos. Aber wenn sie dann die ihnen angemessene Herausforderung bekommen... dann kommt ihr eigentliches Wesen so richtig zum Vorschein.«

Die beiden Riesen bestätigten seine Worte eindrucksvoll. Tatsächlich trotteten sie im Augenblick recht träge dahin.

»Es gibt kein vollkommeneres Bild von Kraft und Schnelligkeit. Beim Klang der Hörner über Moore und durch Urwälder... und wenn dann der Bär gestellt war... damals ging es ja nicht zimperlich zu. Bei kriegerischen Anlässen zählte man einen Hund sogar als Kämpfer, der einen Mann ersetzte. Für ihren Herrn haben sie ihr Leben gegeben, wenn es sein musste, ohne auch nur einen Augenblick zu überlegen.«

Er machte eine kurze Pause.

»Naja, und dann haben wir die beiden eben von Bekannten aus Northeim übernommen, weil deren Rauhaardackel sich nicht mit ihnen vertrug.«

»Du mit deinen Männerfantasien«, mischte sich die Lebensgefährtin ein. »Was das eigentlich Besondere an den Wolfshunden ist, ist das Meditative. Die Ruhe und Weisheit, die sie ausstrahlen. Wenn sie nur einfach auf dem Teppich liegen... und man ein paar Kerzen und Räucherstäbchen anzündet... dann spürt man diese Schwingungen. Wirklich. Man wird ein ganz anderer Mensch. Aber natürlich nur, wenn man es zulässt.«

Am Ende des Feldweges trennten sich ihre Wege.

Henning strich über das raue Haar der ungeheuren Hundeköpfe, ohne den Rücken dabei krumm machen zu müssen. Er wünschte allen ein glückliches Erreichen ihres Zieles und setzte mit Rosine seinen Rundweg auf einer schmalen Pflasterstraße fort. Die kleine Pilgergruppe folgte ihrem Pfad und verlor sich langsam unter den Weiten des ostfriesischen Himmels.

Das also war nun sein einsamer Spaziergang gewesen. Immerhin hatte die Unterhaltung seinen Horizont erweitert. Er hatte zum Beispiel nicht gewusst, dass andere Hunde außer Rosine Maiskolben fraßen.

Im Anschluss an die Pflasterstraße folgte er lange dem Verlauf eines Tiefs, in dem Rosine natürlich als Erstes ein Bad nahm. Der einzige Mensch, dem sie noch begegneten, war ein betagter Landmann, der in der Nähe seines tuckernden Treckers einen Weidezaun reparierte. Henning entschuldigte sich für Rosine, die hinlief und ihren Kopf in seinen Eimer mit Werkzeug steckte. Der Mann richtete sich langsam aus seiner gebückten Haltung auf, betrachtete den fremden Hund und beruhigte Henning: »Der tut nichts. Der will bloß spielen!«

Kurz vor Erreichen des Autos ging es noch einmal schnell ins Wasser, damit Herrchen es beim Abtrocknen auch nicht zu einfach hatte. Henning stellte fest, dass er direkt vor einer Hinweistafel geparkt hatte, die daran erinnerte, dass Hunde in der Brut- und Setzzeit an der Leine zu führen sind. Er ließ Rosine schnell in den Kofferraum springen, sah sich verstohlen um, startete den Motor und fuhr los.

»Wann sind wir das letzte Mal beim Kloster gewesen?«

fragte er, als sie auf der Hauptstraße waren. »Das ist doch doch eine Ewigkeit her.«

Zwar gab es am Standort des alten Klosters eigentlich nur noch ein viel jüngeres Forsthaus, aber findige Köpfe hatten auf dem Grundriss des ehemaligen Kirchenbaus seine Dimensionen in einem Monument aus Stahl nachempfunden. Für die Besucher der Waldeinsamkeit beherbergte das Forsthaus ein Café.

»Wo wir schon mal hier sind, könnten wir doch den kleinen Abstecher noch dranhängen. Vielleicht gibt's im Café auch noch ein Stück Kuchen.«

Rosine erhob keine Einwände, und so lenkte er das Auto kurze Zeit später auf den Parkplatz am Waldrand.

Der Fußweg durch den Wald war nicht sehr weit. Nach zehn Minuten öffnete sich schon der Blick auf eine weite Lichtung. Hoch darüber erhoben sich die Bögen der Stahlkonstruktion und vermittelten einen Eindruck vom Aussehen der einstigen Klosterkirche.

Das Café war, wie Henning feststellen musste, entweder schon geschlossen oder hatte seinen Ruhetag. So schlenderte er nur über die Anlage, um zu sehen, was sich seit dem letzten Besuch verändert hatte. Kaum ein Ausflügler war außer ihm noch da.

Hinter dem Forsthaus gab es einen klösterlichen Kräutergarten. Kunstvoll angelegte Hecken umschlossen die einzelnen Beete. Er überlegte, ob Isabelle vielleicht Petersilie für den Salat gebrauchen konnte, verfolgte den Gedanken aber nicht weiter, da ihm mit Rosine der Zutritt in den Garten verwehrt war.

Er betrat nun den mit grobem Kies belegten Grundriss des über ihm aufragenden Strebenwerks. Die Pfeiler waren in der Farbe des ehemaligen Backsteins gestrichen. Wetterfeste Bänke luden zum Ausruhen oder zur Andacht ein.

Gerade, als er sich fragte, ob die Pilger schon da gewesen und wie gegensätzlich ihre Empfindungen gewesen sein mochten, fiel sein Blick auf etwas, das nicht in das Bild gehörte. Es befand sich vor der Apsis, ungefähr da, wo vielleicht einmal der Altar gestanden hatte. Er trat näher und erkannte einen ungeheuerlichen Haufen. So groß, wie er ihn noch nie gesehen hatte. Gelbe Sprenkel zierten ihn. Unzweifelhaft handelte es sich dabei um unverdaute Maiskörner.

Henning wandte den Blick vor Staunen gen Himmel.

Die Bitte der Wallfahrer war erhört worden!

2.

»Hast du die Zeitung von gestern gesehen?« fragte Isabelle an einem Nachmittag im April. »Ich will noch den Bericht über das Konzert ausschneiden.«

»Die Zeitung von gestern? Gute Frage«, antwortete Henning und sah auf die Uhr. »Ich glaube, ich habe gestern die Zeitung gar nicht gelesen. Und sonst habe ich sie auch bestimmt nicht gehabt. Vielleicht hast du Rosines Napf draufgestellt beim Möhrchenreiben?«

»Bestimmt nicht. Dafür nehme ich immer nur die ganz alten. Und spar dir deine Bemerkungen, das ist hygienischer so.«

Nach intensiver und systematischer Suche fand sich die Zeitung schließlich bei der Hintertür unter Hennings schmutzigen Schnürstiefeln.

»So, du hast sie also bestimmt nicht gehabt, ja? Wo treibst du dich nur immer rum!« Sie gab sich keine Mühe, ihren Ärger zu verbergen.

»Oh, das hatte ich ganz vergessen. Das tut mir leid. Ist sie schlimm schmutzig? Sag mal, wo ist denn nun schon wieder die Leine?«

Er bekam keine Antwort. So musste er sich mit der Erklärung zufriedengeben, dass Insa die Leine mal wieder in ihrer Jackentasche mit zur Schule genommen hatte.

Wenig später verließ er mit Rosine das Haus. Durch die Gartenpforte kamen gerade ein Junge und ein Mädchen von acht oder neun Jahren, die sich gleich auf den Hund stürzten, um ihn zu streicheln.

»Geht einfach rein«, sagte er. »Meine Frau ist im Wohnzimmer.«

»Geht ihr jetzt spazieren?« fragte das Mädchen.

»Ja«, antwortete Henning.

»Ihr habt's gut! Mein Papa muss noch arbeiten.«

Henning hob an, darauf etwas zu sagen, ließ es aber doch bleiben.

Kaum an der Straße angekommen, erstarrte Rosine mitten im Lauf zur Salzsäule. Nicht weit entfernt näherte sich ein großer Schäferhund, gefolgt von einem zierlichen Frauchen, das hastig versuchte, ihn an die Leine zu nehmen. Die Art und Weise, in der dies geschah, ließ vermuten, dass das Tier schon den einen oder anderen Artgenossen zerfleischt hatte. Henning wollte lieber nichts riskieren und zog schnell die Ersatzleine, die er eingesteckt hatte, ein besseres Seil, aus der Tasche und warf sie Rosine wie ein Lasso über den Kopf. Zu seiner eigenen Überraschung gelang es auf Anhieb.

Weniger erfolgreich war die Begleiterin des Schäferhundes. Unter vielen drohend gezischten Worten folgte sie dessen zielstrebigem Trab und brauchte mehrere verzweifelte Versuche, um ihre Leine endlich in das Halsband einzuhaken. Nur noch wenige Schritte trennten die beiden Parteien.

Die hauptsächliche Frage, die Henning sich stellte, war: Wie kräftig war die schmächtige Person?

Ohne etwas zu sagen oder den Blick zu heben, machte diese auf der Stelle kehrt und schaffte es zu seiner Erleichterung irgendwie, ihren Hund mit sich zu ziehen. Der machte auf Henning gar keinen so gefährlichen Eindruck, aber irgendwer hatte ihm erzählt, einem Schäferhund siehst du nicht an, was er vorhat. Sicher kannte sein Frauchen ihn am besten. So schnell die beiden gekommen waren, entfernten sie sich in die gleiche Richtung und drückten sich in eine nahe Feldeinfahrt, um dort abzuwarten. Halb verborgen hinter Heckenwuchs redete die Frau auf ihren Hund ein und warf verstohlene Blicke durch die Brombeerranken.

Henning atmete tief durch. »Komm, wir gehen lieber in die andere Richtung«, sagte er. Er hatte dieses ungleiche Gespann bisher noch nie gesehen, aber sein Gefühl sagte ihm, dass dies nicht die einzige Begegnung bleiben würde.

Und schon ging es weiter. »Hallo, Herr Nachbar!« scholl es heiter über den Gartenzaun.

»Ach, hallo, Ellen!«

»Wie geht es euch? Alles munter?«

»Ja, danke, alles beim Alten, alles wie immer. Und bei euch?«

Harry, ein kleiner grauer Handfeger, war unterdessen um den Zaun gewetzt, um Rosine zu begrüßen, wie es sich für einen Kavalier gehörte. Die beiden waren gute Freunde, soweit man das von Gelegenheits-Spielgefährten sagen kann.

»Du, alles bestens! Weißt du was, wenn ich euch so sehe, möchte ich ja am liebsten mitkommen. Du, wir müssen das unbedingt mal machen. So eine richtige Hundetour!«

»Unbedingt, warum kommt ihr nicht einfach mit?«

»Heute, nein, das geht überhaupt nicht. Gerade heute gar nicht. So ein Pech. Ach, Mensch. Wie schade! Aber wir machen das mal!«

»Auf jeden Fall! – Du, ich will mal weiter. Da hinter uns

kommt ein Schäferhund, kann sein, dass der nicht ganz ohne ist.«

»Ach, Mensch, danke. Dann tu ich Harry am besten vorsichtshalber rein. Harry, komm! Tschüß, Henning, grüß schön! Macht's gut!«

Nach diesen Aufenthalten, die typisch waren bei freundlichem Wetter, konnten Henning und Rosine nun ihren täglichen Auslauf beginnen. Zunächst ging es durch die Außenbereiche des Dorfes Wallbargen. Das Wohnen im Grünen bedeutete nicht automatisch, dass die schönsten Naturpfade vor der Haustür lagen. Aber es boten sich in der Umgebung immerhin verschiedene insofern reizvolle Wegstrecken, als dass der Hund auf ihnen in Ruhe seinen Geschäften nachgehen und der Mensch seinen Gedanken nachhängen konnte. Die Kunst war, diese Wege je nach Witterung, Jahreszeit und Laune immer neu zu kombinieren.

Wie aus dem Napf gefallene Bröckchen lag um die Stadt Aurich herum eine Reihe von Dörfern. Wallbargen war eines von ihnen, durch ein Band von Äckern und Weiden getrennt vom östlichen Nachbarn Sandholt. In vergangenen Zeiten hatte es, wie die Alten erzählten, erbitterte Feindschaft zwischen der Jugend beider Orte gegeben, die bis hin zu den Dorfhunden reichte. Das war vorbei. Heute gab es einen regen diplomatischen Austausch. Rosine beschnüffelte sich auf dem zehnminütigen Weg durch das Niemandsland mit einem entgegenkommenden Border-Collie und zwei Jagdhunden. Die Treffen verliefen in freundlicher Atmosphäre.

Mit dem jungen Frauchen des ebenfalls noch jungen Border-Collies kam Henning kurz ins Gespräch. Man kannte sich bereits flüchtig von früheren Begegnungen.

»Es ist unglaublich!« bemerkte sie. »Seit ich einen Hund habe, treffe ich nur noch Leute mit Hunden. Vorher fast nie! Geht Ihnen das auch so?«

Er konnte das Phänomen bestätigen. Es war ihm seit Langem bekannt. In einzelnen Fällen war sicher die natürliche gegenseitige Anziehungskraft der Tiere verantwortlich, weiter konnte er es aber auch nicht erklären. Es gehörte zu den vielen unergründeten Mysterien des Hundehaltens.

Um den Wald zu erreichen, der sein Ziel war, mussten sie einen Teil Sandholts durchqueren. Neue Einfamilienhäuser standen hier neben älteren Nachbarn wie aus dem Ei gepellt auf ihren Grundstücken. Ziersträucher und Bäumchen hielten verloren in den neu angelegten Vorgärten Wacht und sahen winzig aus, weil sie noch keine Zeit gehabt hatten zu wachsen.

Schon von Weitem sah Henning, dass sich vor einem dieser schmucken Häuser eine kleine Gruppe von Menschen versammelt hatte. Nicht nur von Menschen, sondern von ungefähr ebenso vielen Hunden. Auf einmal verstand er die Verwirrung der Frau mit dem Border-Collie. Hier musste sie ebenfalls vorbeigekommen sein!

Im Näherkommen gab das Nachbarhaus den Blick frei, und er erkannte, wodurch es sich von den anderen unterschied: Dieses Haus hatte gebrannt. Der hintere Teil des Daches war abgedeckt worden und gab den Blick auf schwarze Balken frei, die Mauersteine über den oberen Fenstern bedeckte Ruß. Der Wind transportierte einen schwachen Brandgeruch zu ihm herüber.

Er blieb kurz auf der anderen Straßenseite stehen. Was

war hier geschehen und welches besondere Interesse hatten Hundefreunde daran? Er brauchte eigentlich nur hinüberzugehen, um es zu erfahren. Rosine war ja die Eintrittskarte in jeden Kreis von Hundehaltern, wo er sich auch zusammenfinden mochte. Andererseits hatte er keine große Lust, sich aufzuhalten und den Auflauf zu vergrößern. Er würde es auf andere Weise herausfinden.

»Rosine, komm weiter«, sagte er. »Wir sind schließlich keine Gaffer.«

Henning zog die Tür hinter Rosine ins Schloss, die müde zum Wassernapf trottete. Er zog Schuhe und Jacke aus, ging zur Wohnzimmertür, klopfte an und sah hinein.

»Ah, die Luft ist rein. Ich dachte schon, ich wäre zu früh.«

»Zu früh?« fragte Isabelle, die mit Aufräumen beschäftigt war. »Warum? Du störst nie, das weißt du doch. Jedenfalls, solange du nicht auf die Idee kommst, Löcher zu bohren. – Na, war's schön draußen?«

»Ach, ja, ganz schön eigentlich. Ich soll von Ellen grüßen. Sag mal, wo hast du die Zeitung von gestern hingelegt? Du weißt schon, die mit dem Fleck?«

»Die mit dem Fleck? Von welchem Fleck redest du? Ach, ich weiß schon, du meinst die mit der Schlammkruste. Die ist in der Altpapierkiste.«

Die gesuchte Zeitung war in dem genannten Behälter schnell gefunden. Henning fischte sie heraus und breitete sie auf dem Küchentisch aus.

Da er außer am Vortag jeden Tag die Lokalnachrichten durchgesehen hatte, hielt er es für äußerst wahrscheinlich, dass er in der Ausgabe etwas über den Brand in

Sandholt finden würde. Die *Auricher Nachrichten* hatten zwar nicht unbedingt den Ruf, immer umfassend, ausgewogen und überparteilich zu informieren, aber wenn es einen Einsatz der Freiwilligen Feuerwehren gegeben hatte, egal aus welchem Anlass, fehlte der Bericht nie – mit Bild.

»Ich glaube, ich seh nicht recht«, entfuhr es Isabelle, als sie in die Küche kam. »Was macht das Ding jetzt auf dem Küchentisch? Du bist und bleibst ein Ferkel.«

»Ich dachte, ich erleichtere dir die Arbeit. Dann kannst du gleich darauf den Napf stellen. – Du, hör doch mal, was hier steht:

Jack-Russell-Terrier verhindert Katastrophe

Nachbarshund wittert Feuer und weckt mit spektakulärem Einsatz schlafende Bewohner

Aurich-Sandholt. In den frühen Morgenstunden des Mittwoch wird Familienvater Jürgen M. von einem lauten Klirren aus tiefem Schlaf geweckt. Sofort bringt er das Geräusch mit dem Wintergarten des Hauses in Verbindung und steht auf, um nachzusehen. Im Hausflur schlägt ihm beißender Rauch entgegen. Geistesgegenwärtig weckt er seine Frau und die fünf- und siebenjährigen Kinder.

Als die Feuerwehr am Einsatzort eintrifft, sind die Bewohner bereits in Sicherheit. Im Garten bietet sich ihr ein ungewöhnliches Bild: Ein VW Golf steht mit den Vorderrädern im Wintergarten, Scherben liegen überall. Im Fahrzeug findet sie einen erschöpften Hund vor, den sie mit Spezialwerkzeugen befreit. Gleichzeitig werden die Löscharbeiten eingeleitet.

Nachforschungen ergeben, dass es sich um den Nachbarshund handelt. Dessen Herrchen liegt in festem Schlaf und fällt aus allen Wolken, als das Einsatzteam ihm seinen Schützling bringt. Eine erste Rekonstruktion des Geschehens liefert folgendes Ergebnis: Gegen 23 Uhr kommt der Besitzer des Hundes, Heiko F., von Freunden nach Hause. Er ist müde und vergisst den Hund, Jack-Russell-Terrier »Klitschko«, im Auto. Irgendwann wittert Klitschko offenbar durch ein nicht ganz hochgekurbeltes Wagenfenster Feuer und schlägt Alarm. Als nichts passiert, muss er zu Toben beginnen, ein typisches Verhalten, wie Heiko F. zu Protokoll gibt. Vermutlich gerät er in seiner Raserei irgendwie an den Zündschlüssel und setzt den Golf in Bewegung. Tatsache ist, dass das Fahrzeug samt Hund in einem Bogen durch eine frisch gepflanzte Buchenhecke und in den Wintergarten des Nachbarhauses rollt, wo es zum Stehen kommt.

Familie M. und Terrier Klitschko, ihr Retter, trugen außer dem Schrecken keine Beeinträchtigungen davon. Der Held des Tages erhielt für seinen Rettungseinsatz noch am selben Tag vom Bürgermeister eine Wurst.

Über die Ursache des Brandes gab es bei Redaktionsschluss noch keine Informationen. Die Feuerwehr weist in diesem Zusammenhang noch einmal darauf hin, wie wichtig das Anbringen von Rauchmeldern auch in Häusern neueren Baujahrs...

Naja, und so weiter. Und hier ein Bild vom Haus und ein großes mit unserem Bürgermeister. Hast du zugehört? Was sagst du dazu?«

»Mein Gott«, sagte Isabelle. »Es vergeht kein Tag ohne

sein Gesicht.«

»Und sonst? Fällt dir sonst nichts auf? Ich glaube das gar nicht. Ein Hund, der den Zündschlüssel rumdreht, das ist doch Unsinn.«

»Wieso«, fand Isabelle. »Denk doch nur mal an Rosine, wie die damals bei meiner Mutter die Tür aufgemacht hat.«

»Na, das kann man doch nicht vergleichen. Ich bitte dich. Hochspringen und zufällig die Klinke runterdrücken, das ist doch keine Kunst. Aber dreh mal als Hund einen Schlüssel rum.«

»Ich finde nicht, dass das was anderes ist. Du liest es doch, dass es geht. Warum machst du dir so viele Gedanken darüber?«

»Naja. Also nehmen wir mal an, dieser Hund ist tatsächlich durchgedreht und hat irgendwie durch Zufall den steckenden Schlüssel verdreht. Dann müsste ja nicht nur der Motor angesprungen sein, sondern der kleine Jack Russell müsste ja bei eingelegtem Gang auch noch Gas gegeben haben. Es sei denn, das Standgas war so hoch eingestellt, dass es zum Anfahren reichte. Ich verstehe ja nicht viel von Autos, aber ich kann mir kaum vorstellen...«

»Schatz«, sagte Isabelle und gab Henning einen Kuss. »Akzeptier es doch einfach. Bist du fertig mit Lesen? Ich bräuchte jetzt den Küchentisch.«

Rosine stand mitten im Raum und wedelte erwartungsvoll mit dem Schwanz. Auch sie empfand nicht die Dringlichkeit dieser Fragen, denn es war ihre Futterzeit.

Henning seufzte. »Frauen«, murmelte er. »Der nächste Hund wird ein Rüde. Der versteht mich vielleicht.«

»Was hast du gesagt?«
»Ich? Nichts.«

Am folgenden Tag war wieder etwas über den Brand in der Zeitung. Diesmal hatte Klitschko es auf die Titelseite geschafft, so groß war das Potential, das die Redaktion der Geschichte beimaß.

Ein Unfallgutachter und eine Hundetrainerin waren hinzugezogen worden. Ergebnis ihrer Beurteilungen sowie einer nochmaligen ausführlichen Befragung des Hundehalters, der Familie und aller Nachbarn war: Es gab keine andere Erklärung, als dass der Jack-Russell-Terrier, während sein Herrchen im Haus schlief, das Fahrzeug selbstständig in Gang gesetzt und damit vermutlich das Leben der Nachbarskinder und ihrer Eltern gerettet hatte. *Ostfrieslands Antwort auf Lassie* und *Hunde-Engel* waren die Bezeichnungen, die der Texter Klitschko gab. Das abgedruckte dreispaltige Foto zeigte ihn diesmal mit seinem stolzen Herrchen Heiko Feldmann, dessen Namen nun ausgeschrieben wurde.

Nach diesem Artikel war Klitschkos Geschichte natürlich Hauptgespräch auf allen Gassiwegen. Henning war mit Rosine im Tannhusener Moor unterwegs, wo man nur wenige Menschen traf und das Alltagsgeschehen meistens vergaß. Ein Paar mit zwei Berner Sennenhunden kam ihm entgegen. Da es für die Hunde nicht in Frage kam, einfach aneinander vorbeizugehen, kam man zwangsläufig ins Gespräch.

»Ist das ein Labrador?« fragte die Frau.

»Ja«, antwortete Henning. »Vorsicht, er war gerade...«

»Ja, sag mal, dein Fell ist ja ganz nass, obwohl es nicht

regnet! Da musst du ja auch ein Labrador sein. Obwohl – ich hätte fast auf Golden Retriever getippt bei der schönen hellen Farbe.«

Rosine schloss sofort Freundschaft mit der Fremden, die keine Angst vor nassen Hosen zu haben schien. Störend dabei war nur einer der Sennenhunde, der noch jung war und sich mehr als es schicklich war für ihr Hinterteil interessierte.

»Artus, lass das! Dann ist es wohl ein Mädchen. Er ist dann immer so aufdringlich. Artus!« Und nachdrücklicher: »Artus!«

»Das sind ja auch richtige Prachtkerle«, bemerkte Henning routiniert. »Ausgesprochene Gemütshunde, würde ich sagen. Die gefallen mir.«

Er hatte ihr aus der Seele gesprochen.

»Ja – da haben Sie recht! Für uns kamen nur Hunde in Frage, die nicht ständig aufspringen und Krach schlagen, dass man vor Schreck vom Stuhl fällt. Bloß nichts Nervöses. Und die Sennenhunde sind ja auch richtig was zum Anfassen.«

Nachdem auf diese Weise alle Förmlichkeiten ausgetauscht waren, mischte sich der Mann in die Unterhaltung. Er hatte bisher nur mehrmals zustimmend gebrummt.

»Ruhige Hunde sind das. Nicht so wie dieser Terrier«, sagte er.

»Ach, dieser kleine Hund aus der Zeitung«, ergänzte seine Frau. »Mit der dramatischen Geschichte. Wie heißt er noch gleich?«

»Klitschko«, half er. »Klitschko. So wie die Boxbrüder.«

»Haben Sie das auch gelesen?« fragte sie.

»Blödsinn. So ein Blödsinn. Ein Hund, der den Schlüssel rumdreht und Auto fährt«, erregte sich der Mann. »Wenn ich so was schon lese. Blödsinn!«

»Ist ja gut«, besänftigte sie. »Aber du solltest das nicht so einfach abtun. Es geschehen manchmal Dinge zwischen Himmel und Erde, die wir nicht verstehen. Die müssen wir einfach hinnehmen.«

Henning zog die Augenbrauen hoch. Er verfolgte die Argumente interessiert.

»Auch einen Hund, der…«

»Nimm es einfach hin.«

»Ach. Die brauchen immer was zu schreiben. Morgen ist es was anderes. Sollst mal sehen.«

Die Verkäuferin aus der Bäckerei mit ihrem struppigen Rüden, die er auf dem Heimweg traf, sah die Geschichte wieder in einem ganz anderen Licht.

»Ich habe ja schon gleich am ersten Tag davon gehört, als der Reporter noch im Bett lag. Was hat die Familie für einen Schutzengel gehabt! Dieser kleine Hund und so eine heldenhafte Tat! Sonst gibt es so was ja nur sonntagabends im Fernsehen. Und dann denkt man, das hat sich doch nur alles jemand ausgedacht und es würde niemals so passieren. Aber dies ist wirklich passiert! Also, mir geht das nahe. Geht Ihnen das nicht nahe? Hunde sind ja wirklich manchmal die besseren Menschen.«

Die Rührung ließ eine Träne über ihre Backe kullern, so dass sie sich schnell zu ihrem eigenen kleinen Helden hinunterbeugte.

Am Montag war es in der Bild.

Pfoten-Schumi rettet Kinder vor Höllenfeuer, konnte man fett lesen. Das begleitende Foto zeigte Klitschko mit einem Schlüsseletui im Maul, wobei ein roter Pfeil auf den Autoschlüssel zeigte. Großes Gewicht maß der Artikel dem Umstand bei, dass Klitschkos Herrchen, Heiko F., die Frau weggelaufen war, und legte das Vergessen des Hundes als Folge von Trunkenheit aus. Ansonsten barg der Text für den vorinformierten Leser keine neuen Enthüllungen.

Trotzdem war der Artikel die Initialzündung für ein beispielloses Medieninteresse.

Es begann mit *Stern-TV*. Henning und Isabelle verpassten die Sendung und ließen sich am nächsten Tag davon erzählen. Sie erfuhren, dass zunächst ein längerer Einspieler über Aurich-Sandholt, die Brandruine und das Schicksal der Familie gezeigt worden war. Im Anschluss daran habe Klitschko dem Gastgeber um ein Haar auf den Schuh gepinkelt. Günther Jauch sei dann unbeeindruckt den Fakten mit gewohnter Unbestechlichkeit auf den Grund gegangen. Es seien sowohl ungläubiges Staunen, Begeisterung als auch die gebotene Betroffenheit zum Ausdruck gekommen.

Bei *Markus Lanz* saßen sie mit Rosine pünktlich vor dem Fernseher.

Klitschkos Herrchen nahm in einem crèmefarbenen Sakko beim Talkmaster Platz und setzte den Hund auf seinen Schoß.

»So eins hast du gar nicht«, sagte Isabelle.

»Wir können mir ja eins kaufen, wenn ich mit Rosine eingeladen werde«, erwiderte Henning.

Heiko Feldmann machte seine Sache gut, das musste man ihm lassen. Er vermittelte den Eindruck, sich im Studio wohlzufühlen, und versuchte nicht, seine ostfriesische Herkunft zu verbergen. Markus Lanz rollte zusammen mit seinem Gast Schritt für Schritt die kaum fassbaren Geschehnisse jener Nacht auf. Der Zuschauer erfuhr – und das war neu –, dass Klitschkos Herrchen seinen Hund eigentlich gar nicht einfach nur im Auto vergessen hatte, sondern eine gewisse, unbestimmte Vorahnung mit im Spiel gewesen war, die letztendlich auf wunderbare Weise zur Rettung der Familie mit Kindern geführt hatte.

Anschließend kam der Höhepunkt des Auftritts: Klitschko führte ein Kunststück vor.

Nachdem der Talkmaster um Ruhe gebeten hatte, bildete Heiko Feldmann bildete mit den Fingern seiner Hand eine Pistole nach. Dann sagte er: »Paff!«

Augenblicklich warf sich Klitschko auf den Boden und blieb dort wie tot liegen. Heiko strahlte und es gab es ein Leckerchen. Das Publikum applaudierte hingerissen.

Es folgten weitere Fernsehauftritte. Mit jedem Wiedersehen wurde das Herrchen sicherer und weltgewandter. Dem Hund, am Anfang noch von drahtiger Figur, sah man bald an, dass man sich in den Produktionsfirmen und Hotels auf das Beste um seine Verpflegung sorgte. Kleidung und Halsbänder verrieten mit jedem Mal mehr Geschmack.

Und auch zu Hause änderte sich das Leben von Heiko Feldmann und seinem Terrier. Vorher von niemandem beachtet, waren sie über Nacht in die Lokalprominenz aufgestiegen. Der Bürgermeister zeigte sich gern mit ihnen, ein regionaler Versicherer startete eine Anzeigenkampagne mit ihrem Bild. Sie waren wer und sonnten sich in der Aufmerksamkeit.

Eines Tages schickte Insa eine SMS: *Bin im Eiscafe was glaubt ihr wer am Nebentisch sitzt? HF mit zwei Blondinen komme später Gruß Insa*

»Der Mann weiß zu leben«, sagte Henning anerkennend.

Isabelle lachte. »Würdest du das wollen? Ich wette, er muss am Ende das Eis bezahlen.«

Daran hatte er nicht gedacht. »Du hast recht. Ich möchte nicht mit ihm tauschen.«

Das hatte sie hören wollen. Sie nahm ihn in die Arme und nannte ihn Schnuckelbär.

Ähnlich beeindruckt war Burkard. Burkard war Inhaber einer Werbeagentur und kam ab und zu bei schönem Wetter mit seinem Oldtimer vorbei.

»Hallo, Henning! Gut, dass ich dich erwische! Ich habe einen Auftrag für dich. Ja, und du bist auch da, Rosine. Komm mal her. Wir wollen doch mal gucken.«

Rosine kannte es schon. Burkard war ihr spezieller Freund. Begeistert schaute sie zu, wie er die Beifahrertür des alten Mercedes-Benz öffnete und in das Handschuhfach griff. Es war ein besonderes Handschuhfach, denn es befand sich immer eine Schachtel Haferkekse darin, und es war eine besondere Sorte Haferkekse, denn niemand außer Burkard und Rosine mochte sie. Dinge wie diese schweißen zusammen.

Nach den obligatorischen drei Stück wandte sich Burkard wieder an ihr Herrchen.

»Sag mal, kannst du einen Prospekt für mich gestalten? Ich hätte das Material wie immer per E-Mail geschickt, aber es gab Probleme mit dem Netzwerk.«

Immer wieder bei schönem Wetter hatte Burkard Probleme mit seinem Netzwerk. Aber das war nicht weiter tragisch, er holte dann seinen Mercedes aus der Garage, öffnete das Schiebedach und fuhr hinaus nach Wallbargen.

»Hier in dem Umschlag findest du alles. Der Kunde drängelt ein bisschen. Wann, meinst du, kann ich damit rechnen?«

»Ich tue, was ich kann. Aber du weißt ja, um vier ist bei mir immer erstmal Feierabend. Wenn es nicht zu aufwändig ist und ich Abendschichten einlege, vielleicht übermorgen.«

»Das klingt ausgezeichnet, danke schon mal.«

»Hast du Zeit für einen Kaffee?«

»Du, da sage ich nicht nein.«

In der Küche kraulte Burkard Rosine hinter den Ohren, die langsam auf den Boden rutschte und ihm den Bauch hinhielt.

»Was glaubst du«, fragte er dann, »wer eben in einem offenen weißen BMW Roadster neben mir an der Ampel stand?«

»Keine Ahnung. Kenne ich ihn?«

»Das nehme ich an. Es waren Heiko Feldmann und Klitschko. Der Hund war auf dem Beifahrersitz angeschnallt und steckte die Nase in den Wind.«

»Aha. Ist das ein besonderes Auto?« fragte Henning naiv.

»Henning, hör mal! Ein Roadster ist immer ein besonderes Auto. Also, irgendwas hat der Kerl richtig gemacht.«

»Meine Tochter hat erzählt, von seinem Trinkgeld im Eiscafé hätte sie sich ein Paar neue Schuhe kaufen können. Die Gagen im Fernsehen scheinen wirklich nicht schlecht zu sein.«

»Henning.« Burkard senkte seine Stimme. »Wir müssen umsatteln. Wir müssen was für's Fernsehen machen. Dieses Provinzgewurschtel bringt es nicht. Es reibt dich nur auf. Beim Fernsehen kann man es zu was bringen.«

Er schüttelte fasziniert den Kopf.

»Ein weißer BMW Roadster...«

An einem Samstag sahen sich Henning und Isabelle in einem Möbelhaus um. Sie sprachen schon lange von einer Bank, die in der Küche vor dem Fenster stehen und dort für Gemütlichkeit sorgen sollte. Leider gab es nichts in der Ausstellung, was ihren Vorstellungen nahe kam, aber ein freundlicher Verkäufer gab sich jede Mühe und wälzte Kataloge.

»Und diese gibt es wahlweise in lackiert oder in gelaugt und geölt«, erläuterte er gerade, als sein Blick auf einen Mann im weißen Anzug fiel, der in der Polstermöbelabteilung einen Sessel ausprobierte.

»Entschuldigen Sie mich bitte einen Moment«, sagte er augenblicklich, ließ die Kundschaft stehen und begab sich zu dem anderen Herrn.

»Was soll denn das?« fragte Isabelle erstaunt.

»Siehst du nicht, wer das ist? Das ist HF – Heiko Feldmann!«

»Du hast recht. Ohne seinen dicken Hund hätte ich ihn fast nicht erkannt.«

Hunde hatten im Möbelhaus keinen Zutritt. Auch Rosine hatte deshalb draußen im Auto bleiben müssen.

Ganz in Ordnung fanden sie das Verhalten des Verkäufers nicht, aber angesichts solcher strahlender Prominenz waren sie gerne bereit, ein Weilchen zu warten.

»Meinst du, er probiert alle Sessel durch?« fragte Isabelle. »Dann kann es lange dauern.«

Kurze Zeit später beantwortete sie sich ihre Frage selbst: »Nein, ich glaube, er interessiert sich nur für den riesigen weißen Plüschsessel.«

»Dann kann er nicht viel andere Wohnzimmereinrichtung haben«, stellte Henning fest. »Wenn ich mich richtig erinnere, ist das Haus, in dem er wohnt, nicht besonders groß.«

»Vielleicht muss er sich seine vier Wände wohnlicher machen, nachdem er überall die schicken Hotels kennengelernt hat«, mutmaßte Isabelle.

Der illustre Kunde schien über diesen speziellen Sessel einfach alles wissen zu wollen. Aus der Entfernung verfolgten sie, wie der Verkäufer ihn eilfertig drehte und wendete, nach Gütesiegeln suchte und die einzelnen Elemente entnahm.

Sie begannen, zum Zeitvertreib in den Katalogen zu blättern, und kamen auf den Gedanken, dass sie diese ja mit zur Kasse nehmen und dort nach Preis und Lieferzeit fragen konnten. Den Plan in die Tat umsetzend, blieben sie jedoch unterwegs bei den Kleinmöbeln und anschließend bei den Landhausläufern hängen. Als sie schließlich die Kasse erreichten, kam auch gerade der Verkäufer dort an. Sie hörten ihn sagen:

»Wirklich ein exklusives Sitzmöbel. Sie werden lange

Freude daran haben.«

Heiko Feldmann tauchte neben Isabelle auf und reichte zwischen Zeige- und Mittelfinger seine Kreditkarte hinüber.

»Dann bräuchte ich nur noch die Lieferadresse. Wo wohnen Sie? Wohin dürfen wir das gute Stück liefern?«

Wieder zückte der Gefragte eine Karte und schob sie auf den Tresen. Diesmal war es eine Visitenkarte. Henning und Isabelle konnten nicht umhin, danach zu schielen, was in goldenen Buchstaben daraufstand.

Sie lasen:

Heiko Feldmann
Suite 1
Hotel Zum Bären, Aurich

Der Verkäufer nahm sie dankend und sagte:

»Ihr Hund wird sich bestimmt wohl in seinem eigenen Sessel fühlen!«

3.

»Rosine!« rief Henning. »Rosine, komm!«

Es gefiel ihm gar nicht, wie sie sich da so interessiert im hohen Gras herumtrieb. Hoffentlich war dort kein Fasanengelege oder etwas Ähnliches. Auch junge Hasen gab es überall, die noch nicht fliehen konnten. Er wollte sie doch lieber vorsichtshalber an die Leine nehmen.

Aber der Grund war ein anderer, wie sich herausstellte: Ein kleiner Mischlingshund, im Gras kaum zu sehen, war dort seinerseits mit der Geruchsaufnahme beschäftigt. Er musste zu dem älteren Mann gehören, der schon seit einer Weile auf dem gleichen Weg vor ihnen her ging und den sie nun beinahe eingeholt hatten.

Der Mann drehte sich um und blieb stehen. Er trug eine blau- und beigefarbene Jacke von der Art, wie Henning sie für sich nie hätte aussuchen dürfen, weil Isabelle sie sofort vernichtend als Rentnerjacke bezeichnet hätte, und auf dem Kopf eine Prinz-Heinrich-Mütze. Seine scharf geformte Nase trug eine Brille, durch die zwei kleine Augen Henning und Rosine aufmerksam musterten.

»Moin«, grüßte er zunächst freundlich in der landesüblichen Weise. »Rosine, das ist aber ein schöner Name!«

Henning war überrascht, weil der Name bei den meisten Leuten eher Heiterkeit auslöste. Dieses Kompliment aber klang durchaus ernsthaft.

»Vielen Dank«, antwortete Henning. »Ja, wir fanden damals, er passt zu ihr.«

»Ich freue mich immer darüber, wenn ich einen der alten ostfriesischen Namen höre, und wenn auch nur ein Hund damit gerufen wird.«

Henning nahm es erstaunt zur Kenntnis, sagte aber nichts. Bis zu dieser Minute hatte er nicht die geringste Ahnung davon gehabt, dass Rosine ein alter ostfriesischer Name war.

»Meiner hier heißt zum Beispiel Radbod. So nennt natürlich heute längst niemand mehr sein Kind. Den Namen Rosine findet man aber noch bei den ganz alten Leuten.«

»Das ist bestimmt ein interessantes Feld, wenn man sich näher damit beschäftigt«, vermutete Henning.

Damit hatte er dem Mann aus der Seele gesprochen. Voller Freude bekundete er seine hundertprozentige Zustimmung und wies mit dem Arm in die Richtung, in die ihr Weg weiterführte.

»Sehen Sie da vorne die Kirche von Sierkstede? Sierk ist ebenfalls ein ostfriesischer Vorname. Er leitet sich wahrscheinlich vom germanischen Siegrich ab. Wie viele von den Menschen, die am Ortsschild vorbeifahren, wissen das?«

Henning konnte die Frage nicht beantworten, aber er war nicht sehr optimistisch.

»Aber Sie wundern sich bestimmt, warum ich Ihnen alles das erzähle. Sie müssen nämlich wissen«, und hier wurde er etwas förmlich, »ich betreibe Forschung auf diesem Gebiet. Ich darf sagen, die wahrscheinlich vollständigste Sammlung ostfriesischer Vornamen zusammengetragen zu haben. Darf ich Sie nach Ihrem Namen fragen?«

»Nach meinem Namen? Ach so, ja. Sicher. Wiese. Das ist mein Nachname. Henning der Vorname.«

»Aha. Henning. Henning Wiese.« Er runzelte die Stirn

und schien zu überlegen. Dann besann er sich und sagte:
»Saathoff.« Er gab Henning die Hand. »So heiße ich. Ich bin hier in Sierkstede, weil ich mir den Friedhof ansehen möchte. Es ist einer der wenigen Friedhöfe, die ich noch nicht besucht habe. Friedhöfe sind neben alten Kirchenregistern *die* Schatzkammern für den Namenskundler.«
»Das glaube ich Ihnen gerne. Natürlich, das leuchtet ein.«
»Dies ist meine Kamera. Damit werde ich alles, was interessant ist, dokumentieren. Im Moment beschäftige ich mich nämlich mit der Verbreitung, dass heißt, wie häufig die verschiedenen Namen in den einzelnen Kirchengemeinden auftauchten. Eine große Aufgabe sicherlich, aber nachdem ich meine Sammlung abgeschlossen habe, möchte ich sie durch diese zusätzlichen Angaben noch einmal aufwerten.«
Henning war beeindruckt von dem Forscherdrang des alten Mannes, der dies alles auf sich nahm, anstatt einfach den Ruhestand zu genießen. Aber er wusste nicht recht etwas darauf zu sagen. Angesichts der geballten Sachkunde musste jede Bemerkung naiv erscheinen. Deshalb fragte er nur:
»Darf denn der Hund mit auf den Friedhof?«
»Nein, das darf er leider nicht. Darum gehe ich gerade ein bisschen spazieren mit ihm. Dann macht es ihm nicht so viel aus, draußen an der Mauer angebunden zu werden.«
Langsamen Schrittes gingen sie nebeneinander her. Das Gleiche taten auch die Hunde, ohne sich viel umeinander zu kümmern. Henning konnte aber an Rosines Schwanz erkennen, dass ihr die Gegenwart von Radbod nicht so

gleichgültig war, wie sie vorgab.

»Ist Ihre Sammlung denn auch anderen Menschen zugänglich?« fragte er nach einiger Überlegung.

»Das ist sie. Gerade im März ist sie als Buch erschienen.« Aus den Worten klang Stolz. »Es ist meiner Meinung nach die einzige vollständige Auflistung der ostfriesischen Vornamen, die bisher gedruckt worden ist – mit namenskundlicher Einordnung. Über dreihundert Seiten sind es geworden.«

»Als Buch erschienen, alle Achtung. Da haben Sie sich ja wirklich ein Verdienst erworben.«

»Ein kleines Verdienst sicherlich.« Der Autor war sichtlich geschmeichelt. »Ein kleines Verdienst auf jeden Fall!«

»Wo ist es denn gedruckt worden, wenn ich fragen darf?« wollte Henning wissen.

»Bei Kleemann in Emden.«

»Ah, bei Kleemann.«

»Kennen Sie sich da aus? Mit Druckereien und so weiter?«

»Mehr oder weniger. Ich habe beruflich damit zu tun, ich arbeite für die Werbung. Heute nennt man das Mediengestalter. Ich entwerfe Anzeigen, Prospekte, Kataloge, eigentlich alles, was gedruckt wird.«

»Aha! Interessant! Und da können Sie am Nachmittag schon Feierabend machen? Entschuldigen Sie, wenn ich so unverschämt frage.«

»Oh, das können Sie ruhig. Da sind Sie nicht der Erste. Die Erklärung ist einfach, meine Frau gibt ab vier Uhr nachmittags Geigenunterricht. Da mache ich mich mit Rosine aus dem Staub. Was an Arbeit nicht fertig geworden ist, erledige ich am Abend. Ich kann mir meine

Zeit ja frei einteilen.«

»Geigenunterricht! Das wird ja immer interessanter. Ich habe als Kind auch mal angefangen, Geige zu lernen. Aber mein Vater konnte es nicht lange ertragen.«

»Sehen Sie, darum bin ich hier, in freiwilliger Verbannung sozusagen.«

Während des Gesprächs waren sie fast bei der gedrungenen Backsteinkirche angekommen. Der Glockenturm stand etwas abseits, wie es in Ostfriesland üblich war. Um die Kirche herum versammelten sich die wenigen Häuser des Sierksteder Dorfkerns. Ringsherum lag flaches Marschland.

Henning wollte sich verabschieden und weiter seiner Wege gehen, aber der Namensforscher fand an der Friedhofsmauer keinen Haken und keine andere geeignete Stelle zum Anbinden für seinen Hund. So erbot er sich, so lange die Leine zu nehmen und ein bisschen auf und ab zu gehen. Lange konnte es nicht dauern, dachte er, denn der Friedhof war nur klein.

Zehn Minuten waren vergangen. Henning vertrieb sich die Zeit, indem er den Spatzen in der Buchenhecke der Pastorei beim Zwitschern zusah. Radbod nutzte die Gelegenheit, um hinter seinem Rücken einen schönen Haufen auf den frisch gemähten Rasen zu machen.

»Du blöder Hund«, zischte Henning, als er es bemerkte. »Du hast doch vorhin wirklich ausreichend Gelegenheit gehabt!«

Er zog ihn mit sich fort, denn er fühlte sich nicht verantwortlich für diese altfriesischen Hinterlassenschaften. Außerdem lagen die Kotbeutel für derartige

Notfälle im Auto. Rosine folgte gemächlich, nachdem sie den Haufen ohne Eile inspiziert hatte. Glücklicherweise war niemand in der Nähe, der aus dem Anblick des Labrador-Retrievers in unmittelbarer Nähe eines Hundehaufens falsche Schlüsse hätte ziehen können.

Henning sah auf die Uhr und seufzte. Er fragte sich, ob es nicht vielleicht eine großer Fehler gewesen war, auf einen Namenskundler warten zu wollen, der sich auf einen ihm noch unbekannten Friedhof umsah.

Seine Befürchtungen erwiesen sich jedoch als grundlos. Das Friedhofstürchen klapperte und der Forscher trat hindurch. Er wirkte seltsam verändert: Seine Bewegungen waren langsam und schwerfällig, die Schultern hingen kraftlos herab, das Gesicht war blass. Seine Augen blickten starr an Henning vorbei.

Hatte er einen Untoten gesehen? Henning ging ihm schnell ein paar Schritte entgegen.

»Ist alles in Ordnung?« fragte er besorgt.

»Ja«, bekam er nach einer Pause zur Antwort. »Alles in Ordnung. Ich habe eine interessante Inschrift gefunden.«

»Eine interessante Inschrift?«

»Schatzo Abels. Achtzehnhundertdrei bis achzehnhundertneunundvierzig.«

Henning sagte das zunächst nichts. Schatzo erinnerte ihn nur an Schmatzo-fit, Rosines Hundefutter. Aber er vermutete, dass es sich um einen der besonderen ostfriesischen Vornamen handelte.

»Was ist das Besondere daran?«

»Der Name Schatzo. Er ist mir noch nie begegnet.«

»Ah. Eine tolle Entdeckung, nehme ich an?«

Der alte Mann sah Henning direkt ins Gesicht.

»Er fehlt in meinem Buch.«

An einem warmen Tag im Mai spazierte Henning zwischen grünenden Wallhecken entlang und dachte an nichts Bestimmtes. Rosine zuckelte in geschickt bemessenem Abstand hinterher. So konnte sie ungesehen von dem Mist kosten, der hier und da von einem Miststreuer gefallen war. Hin und wieder begegnete ihnen ein Auto oder ein Radfahrer, was dem Fußgänger nicht mehr als ein freundliches Gesicht und vielleicht einen Gruß abverlangte.

Nichts störte dieses friedliche Fortkommen, bis sich zwei entfernte Punkte zu einem Menschen und einem Hund auflösten. Lange bevor man von Details sprechen konnte, gewannen die beiden Figuren durch ihr gegenseitiges Größenverhältnis und ihre Art, sich zu bewegen, an Erkennbarkeit.

Henning runzelte die Stirn. Wann und wo hatte er dieses Gespann schon einmal gesehen?

Auf einmal fiel es ihm ein. Es war die schmächtige Frau mit ihrem großen Schäferhund, die damals vor der Gartenpforte in so großer Panik ihr Tier davongezogen hatte.

Die Straße hatte keine Abzweigungen außer ein paar Hauseinfahrten. Ein Aufeinandertreffen schien also unvermeidlich. Es stellte sich wieder einmal die Frage: An die Leine oder nicht? Als regelmäßiger Hundausführer konnte Henning aus einem reichen Erfahrungsschatz schöpfen. Im Laufe der Zeit hatte er die Hunde in vier Kategorien eingeteilt. Erstens: verkrampfter Hund mit verkrampftem Menschen, zweitens: entspannter Hund mit entspanntem Menschen, drittens: verkrampfter Hund mit entspanntem Menschen, viertens: entspannter Hund mit verkrampftem Menschen. Wenn er sich die letzte Begegnung in Erinnerung rief, ordnete er die beiden eindeutig der letzten Gruppe zu. Er ließ die Leine in der Tasche.

Während sie sich stetig aufeinander zu bewegten, schloss Rosine zu ihrem Herrchen auf, um nicht in der zweiten Reihe zu stehen, wenn die Fronten aufeinanderprallten. Obwohl Situationen wie diese zum Alltag gehörten, galt die Aufmerksamkeit von Herr und Hund nur noch den Bewegungen der gegnerischen Partei, gingen Atem und Pulsschlag schneller. Jede Sehne spannte sich, jeder Muskel war in Bereitschaft, um auf eine unvorhergesehene Wendung vorbereitet zu sein. So war es beinahe eine kleine Enttäuschung, dass es nicht zu dem Zusammentreffen kam, denn im letzten Augenblick erreichten die Frau und ihr Schäferhund eine Einfahrt und schwenkten in vollem Lauf in sie hinein.

Von hier aus stapften sie mit verzweifelter Entschlossenheit über ein Stück Rasen und eine niedrige Hecke in den Nachbargarten, dort durch ein Beet, wieder über einen Rasen und schließlich aus einem anderen Gartentor wieder zurück auf die Straße, alles, um ein direktes Aufeinandertreffen zu vermeiden. Henning und Rosine, auf diese Weise umgangen, staunten nicht schlecht und sahen ihnen nach. Der Schäferhund drehte sich noch einige Male um, ohne allerdings einen auffallend unfreundlichen Eindruck zu machen.

Während Henning und Rosine noch ratlos auf der Straße standen, kam bellend ein kleiner Hund aus der

Einfahrt gelaufen. Er sah genauso aus wie der Hund des Namenskundlers, Henning fiel der Name nicht mehr ein.

»Radbod!« ertönte eine Stimme vom Haus her. »Radbod, komm her!«

An der Hausecke erschien kein anderer als sein Bekannter aus Sierkstede.

»Guten Tag, Herr Saathoff!« rief Henning.

»Ja...? Oh, ich erinnere mich! Rosine, nicht wahr? Wie geht es Ihnen?«

»Gut, vielen Dank! Ihnen hoffentlich auch? Ich hatte keine Ahnung, dass Sie auf der anderen Seite von Wallbargen wohnen. Ich komme oft hier vorbei.«

Der Autor der beinahe vollständigen Sammlung ostfriesischer Vornamen überlegte kurz. Dann sagte er:

»Haben Sie Zeit? Möchten Sie eine Tasse Tee?«

Kurze Zeit später saß Henning in einem niedrigen Wohnzimmer voller Bücher. Eines davon hielt er in den Händen. Auf dem Umschlag stand: *E. Saathoff* und *Die Ostfriesischen Vornamen*.

Einer Gewohnheit folgend sah er zuerst in das Impressum. Dort erfuhr er, dass sich hinter dem Buchstaben *E* der Name Emil verbarg. Er konnte sich vorstellen, wie der Autor unter diesem gänzlichen unfriesischen Namen leiden musste. Der arme Mann war wirklich ein Pechvogel.

»Schauen Sie nur hinein«, kam es aus der Küche. »Der Tee ist gleich soweit.«

Henning blätterte weiter. Rosine zwängte sich unterdessen zusammen mit Radbod unter den Möbeln hindurch.

Beim Blättern durch das Buch konnte man den Eindruck gewinnen, in Ostfriesland habe es mehr unterschiedliche Namen gegeben als im ganzen deutschsprachigen Raum. Einige wie Menno, Ocke, Remmert kannte Henning, zum Teil sogar in lebender Person, er stieß aber auch auf Assel, Boje, Eilt, Feta, Lücke, Poppo und Poppeline. Originell war auch Pupt. Sein Lieblingsname nach der flüchtigen Durchsicht war Siebentjedina.

Emil Saathoff kam mit dem Tee herein.

»Ah, ich sehe da gerade Haske und Haskeline, das ist interessant«, sagte er. »Das bedeutet soviel wie die Schöne. Ich kannte mal eine Haske. Sie starb im Alter von sechzehn und konnte noch bis zum Schluss neben dem Fahrrad laufen.«

Henning machte ein Kompliment zur gelungenen Aufmachung des Buches und trank zwei Tassen Tee.

Als sie sich eine Weile so unterhalten hatten und er langsam an den Aufbruch dachte, hörten sie ein Geräusch unter dem Tisch. Es war ein leises, sich wiederholendes Knacken und erinnerte stark an das Beißen eines Hundes auf einem Plastikgegenstand. Emil Saathoff legte das Buch beiseite und hob die herunterhängende Tischdecke hoch, um nachzusehen, was dort unten vor sich ging.

Es war Rosine. Sie hob im Liegen den Kopf, wedelte mit dem Schwanz und spuckte einen kleinen Gegenstand aus. Radbod sah mit schiefgelegtem Kopf und aufgestellten Ohren zu.

»Was ist denn das?« fragte er, hob unter leisem Ächzen den nassen Gegenstand vom Boden auf und schob seine Brille zurecht.

»Sieht aus wie ein Speicherstick für den Computer«, sagte Henning. Besorgt fügte er hinzu: »Es sind hoffentlich keine wichtigen Daten darauf? Er muss auf dem Boden gelegen haben.«

Der Namensforscher machte ein erschrockenes Gesicht. »Das ist die Sammlung von Gerhard Ukena. Sie war in seinem Nachlass. Seine Kinder haben sie mir geschickt.«

»Eine Sammlung von Namen?«

»Ja. Er war so was wie ein Kollege. Ich habe sie vor ein paar Wochen bekommen, habe aber noch nicht hineingeschaut.«

»Hoffentlich ist nur das Gehäuse angeknackst. Am besten, wir probieren es gleich mal aus, wenn das geht. Das wäre mir ja ganz schrecklich unangenehm...«

»Ja, lassen Sie es uns gleich versuchen. Nicht auszudenken, wenn die Arbeit verloren ginge. Er hat schon in den siebziger Jahren angefangen, interessante Namen aufzuschreiben, zehn Jahre früher als ich. Viele Quellen sind überhaupt nicht mehr vorhanden. Kommen Sie, drüben steht der Computer. Ein altes Ding, aber es leistet mir noch gute Dienste.«

Henning folgte ihm und kroch unter den Schreibtisch, sah es aber gleich: Dieser Rechner hatte Museumswert. Er besaß nur ein Diskettenlaufwerk.

»Ich fürchte, hier ist kein passender Anschluss«, sagte er bedauernd und tauchte wieder auf.

»Oje. Was machen wir nun?« Emil Saathoff stand an seinen Schreibtisch gelehnt und schien ratlos. »Es wäre wirklich nicht auszudenken...«

»Ich schlage vor, ich nehme den Stick einfach mit zu mir nach Hause oder Sie kommen in den nächsten Tagen mal vorbei. Wenn noch etwas zu lesen ist, spiele ich es Ihnen auf einen anderen Speicher oder wir drucken es aus.«

»Oh, das wäre nett. Wenn wir das versuchen könnten. Aber aus der Hand geben möchte ich diesen Speicherstick nicht, verstehen Sie mich nicht falsch. Schließlich ist es ein Dokument.«

Schon am nächsten Vormittag stand Hennings Freund vor der Tür. Die Ungewissheit schien ihn schwer zu drücken. Isabelle hatte von ihm gehört und empfand eine große Portion Mitgefühl für den armen Mann, der an der Leine seiner Leidenschaft ging, wie sie sich ausdrückte. Sie setzte sofort Wasser auf und stellte Plätzchen auf den Küchentisch. Henning nahm ihn mit in sein Arbeitszimmer und steckte den Speicherstick in seinen Rechner. Rosine und Radbod blieben bei den Plätzchen.

»Sie sind ja wirklich modern ausgerüstet«, bemerkte Emil Saathoff mit Blick auf den Schreibtisch voller Technik.

»Nicht mehr als mancher Mitschüler meiner Tochter«, sagte Henning. »So, dann wollen wir mal sehen. – Hm. O weh, ich habe es fast befürchtet. Ich kann nicht auf den Datenträger zugreifen. Er scheint tatsächlich beschädigt zu sein.« Verstohlen schielte er nach seinem Besucher, um zu sehen, wie dieser auf die schlechte Nachricht reagierte.

»Wenn Sie wüssten, wie leid mir das tut. Ich hätte Rosine wirklich besser im Auge behalten müssen. Sie soll nicht alles, was bei anderen Leuten auf den Boden gefallen...«

Er wurde unterbrochen.

»Haben Sie eine Ahnung davon, was vielleicht darauf gespeichert war? Wer kann wissen, was mein Kollege ausgegraben hat? Vielleicht wären weitere Namen aufgetaucht, die in meinem Buch fehlen. Es ist ein Jammer, aber wir müssen es akzeptieren. Rosine ist ein prächtiger Hund!«

Befreit von einer großen Last, ging er in bester, aufgeräumter Stimmung zu seiner Jacke, um ein Leckerchen aus der Tasche zu holen.

»Kommen Sie herein und setzen Sie sich«, forderte Isabelle ihn auf, aus dem Hausflur in die Küche zu kommen. »Wie ich sehe, hat alles geklappt, was Sie am Computer vorhatten?«

»Sie haben einen braven Hund«, sagte der Namensforscher anstelle einer Antwort. »Und dazu noch mit dem schönen ostfriesischen Namen Rosine. Es ist traurig, aber die meisten Leute kennen diese Namen gar nicht mehr!«

»Oh, zu dem Namen kam es so«, begann Isabelle und übersah Hennings warnende Zeichen, der hinter dem Besucher im Rahmen der Küchentür stand. »Ehrlich gesagt, hatten wir noch nie etwas von dem alten Namen gehört, bis mein Mann Ihnen vor ein paar Wochen begegnet ist. Wir haben sie damals einfach so genannt, weil sie als Welpe viel zu viel Fell hatte für so ein bisschen Hund – wie eine Rosine!«

Emil Saathoff entglitten die Gesichtszüge. Seine heitere Erleichterung machte tiefer Enttäuschung Platz, die er nicht verbergen konnte.

»Vielen Dank«, sagte er nach einer kurzen Pause unwirsch. »Ich habe schon Tee getrunken. Komm, Radbod – lass diesen Hund in Ruh. Er passt nicht zu dir!«

4.

Eines Tages, Henning und Rosine waren gerade erst nach Hause gekommen, klingelte es an der Haustür.

Rosine bellte. »Gehst du?« rief Isabelle aus dem Wohnzimmer, wo sie einem Schüler nach der Stunde noch etwas erklärte.

Henning ging auf seinen Socken zur Tür und öffnete. Draußen stand ein großer, kräftiger Mann mit Bart und sichtbar schlechter Laune. Henning kannte ihn vom Sehen, man begegnete sich gelegentlich beim Ausführen der Hunde. Wenn er es richtig im Kopf hatte, war es ein Schnauzerrüde.

»Ihr Hund hat vorgestern an meinem geschnüffelt«, begann der Mann ohne Einleitung. »Erinnern Sie sich daran? Es war an der Ecke Hasenkamp - Sandholter Weg.«

»Also, das kann schon sein«, antwortete Henning vorsichtig. Er hatte keine blasse Ahnung, was der Mensch wollte. »Ja, ich glaube, Sie haben recht. Das muss am Dienstag gewesen sein.«

»Aha. Gut. Das geben Sie schon mal zu. Dann wird es Sie sicher interessieren, dass mein Hund die Flöhe hat.«

»Die Flöhe? Das ist... lästig, wie ich mir vorstellen kann.« Er fragte sich, worauf das Gespräch hinauslaufen sollte. Der Mann machte nicht den Eindruck, als sei er gekommen, um davor zu warnen, dass Rosine welche von den unbequemen Tierchen abbekommen haben könnte.

»Das«, polterte dieser, »kann man wohl sagen. Und ich bin nicht hier, um mich dafür zu bedanken!«

Allmählich schwante Henning etwas.

»Von unserer Rosine kann Ihr Hund sie nicht haben«,

sagte er. »Sie hat nämlich keine Flöhe.«

Eine Spur der Verunsicherung war auf dem Gesicht des Besuchers zu erkennen, aber nur für einen Moment. »Dann würde ich Ihnen raten, mal nachzusehen. Wotan kann die Flöhe nur von Ihrem haben. Ich mir da absolut sicher.«

Henning fasste Rosine am Halsband und führte sie nach draußen, wo mehr Licht war als Im Flur. Wenn der Mann so sicher war, vielleicht hatte sie dann wirklich Flöhe und sie hatten es nur noch nicht bemerkt? Möglich war immerhin alles.

»Komm her, Rosine«, sagte er und ging in die Hocke. »Lass mal gucken. Hast du Flöhe?«

Er untersuchte sie sorgfältig, indem er an allen möglichen Stellen am Rücken, Nacken, Hals, hinter den Ohren und an der Schwanzwurzel das Fell teilte, so dass die Haut sichtbar wurde. Der Mann sah mit erwartungsvoller, beinahe schon triumphierender Miene zu. Henning ließ sie sich auch auf den Rücken legen, damit er den Bauch absuchen konnte.

Schließlich erhob er sich wieder. Rosine sprang auf die Beine und rannte eine Runde über den Rasen.

»Ich muss Sie enttäuschen«, sagte er. »Nichts. Sie haben es ja selbst gesehen. Bei dem hellen, glatten Fell wäre es uns ja auch längst aufgefallen, wenn sie Flöhe hätte.«

»Es *kann* nur Ihr Hund gewesen sein«, beharrte der Mann, in keinster Weise überzeugt. »Seit dem Wochenende war mein Hund nur mit drei Hunden zusammen. Einer trägt immer ein Flohhalsband, der zweite war am selben Tag im Hundesalon, wo es aufgefallen wäre, und der Dritte war Ihrer!«

Jetzt konnte sich Henning das Verhalten immerhin erklären. Er sah trotzdem nicht ein, warum Rosine so einfach als Sündenbock herhalten sollte, gegen den Befund, den die eingehende Untersuchung ihres Fells ergeben hatte.

»Das mag sich ja für Sie so darstellen«, sagte er. »Aber Sie sehen doch, mein Hund hat keine Flöhe. Und selbst, wenn sie welche...«

»Das heißt ja überhaupt nichts. Sie können ihn ja gerade entfloht haben und sagen nichts davon.«

»Und selbst, wenn sie welche hätte«, sprach Henning seinen Satz zuende und überging damit die Unterstellung, »wäre es doch wohl kaum angebracht, einen Schuldigen zu suchen. Es täte mir leid, aber so was kommt nun einmal vor, wenn man Haustiere hält. Es gibt Schlimmeres, oder?«

»Aha – da geben Sie es also schon halb zu. Warum nicht gleich?« Er schaute auf seine Uhr und wandte sich zum Gehen. »Leider habe ich jetzt Wichtigeres zu tun. Aber Sie hören noch von mir!« Die Gartenpforte wurde mit Nachdruck zugeschlagen. Dann entfernte sich ein Auto und es war still. Henning und Rosine sahen sich mit großen Augen an.

»Hat der wirklich Flöhe?« fragte Alexander, Isabelles Schüler, der kurze Zeit später aus dem Wohnzimmer kam. Sonst streichelte er Rosine immer, wenn er sie sah. Jetzt hielt er lieber mit beiden Händen seine Geigentasche.

»Nein, wie kommst du denn darauf?« antwortete Isabelle schnell. »Also, mach dir nichts draus aus der Sache mit dem Bogen. Nächste Woche klappt es schon besser, du wirst sehen. Tschüß, dann mal los, sonst wundert sich deine Mutter, wo du bleibst!«

»Tschüß, Frau Wiese!« sagte der Junge. »Tschüß, Rosine!« Und zu Henning: »Tschüß!«

»Wer war denn das eben?« fragte Isabelle sofort, als er aus der Tür war. »Sag bloß, Rosine hat Flöhe. Das ist ja schrecklich. Die hat sie doch ewig nicht mehr gehabt.«

»Nein, nein. Sie hat ja gar keine.« Henning erklärte ihr den Sachverhalt und versicherte, dass er im Fell keinen einzigen Floh gefunden hatte. »Zum Schluss hat er dann gesagt, wir hören noch von ihm.«

»O Gott. Muss man das ernst nehmen?«

»Ich weiß nicht. Ich glaube, er nimmt es ernst.«

»Ich meine, worauf will er hinaus? Dass ihm jemand die Ausgaben für Flohmittel ersetzt?«

»Keine Ahnung. Wahrscheinlich. Aber vielleicht hat er auch einfach Ärger mit seiner Frau oder im Büro und muss Dampf ablassen.«

»Meinst du? Na, dann bin ich aber froh, dass du keinen Ärger mit deiner Frau hast...« Isabelle kam näher und zupfte an seinem Hemd.

»Oh, da fällt mir was ein. Ich fürchte, ich habe wieder die neue Zeitung genommen zum Draufstellen meiner schmutzigen Schuhe. Wie gut, dass du mir keinen Ärger machen willst.«

Der folgende Tag war ein Freitag. Hennings Gedanken wurden ganz von einer Terminsache in Anspruch genommen, die spätestens in dieser Woche abgeliefert werden musste. So dachte er den ganzen Tag nicht ein einziges Mal an den Vorfall, bis er auf seinem Spaziergang Frau Grote, der Mutter von Alexander, begegnete. Sie führte Rudi aus, den Dackel einer betagten Nachbarin.

»Hallo, Rudi«, sagte Henning in der üblichen Weise, die die menschliche Begleitung mit einschloss.

»Hallo«, erwiderte sie den Gruß und zog den Hund mit der Leine nah an sich heran, wobei sie zwei Schritte auf den Grünstreifen machte. Das war ungewöhnlich, denn Rudi und Rosine hatten sich immer bestens vertragen.

»Entschuldigung, aber ich möchte lieber nichts riskieren. Frau Jakobs wäre sicher völlig hilflos, wenn ich Rudi mit Flöhen nach Hause brächte,« sagte sie etwas verlegen. »Wie geht es denn Rosine?«

Henning schob seinen Falthut aus der Stirn. Für einen kurzen Moment war er sprachlos. Aber schnell gewann er seine Fassung zurück.

»Es geht ihr ausgezeichnet. Sie hat nämlich weder Flöhe noch sonst irgendwelche ansteckenden Krankheiten.«

»Aber... Alexander hat doch erzählt...«

»Da hat er nur was falsch aufgeschnappt. Wir hatten Besuch, der erzählte von seinem Hund, und der hat die Flöhe. Nein, nein, keine Sorge, Rosine hat keine«, versicherte er.

Frau Grote ließ Rudis Leine locker.

»Das ist mir jetzt aber ganz unangenehm. Entschuldigung.«

»Kein Problem! – Macht es Alexander denn noch Spaß? Ich hoffe, Sie können all das ertragen, was meine Frau ihm an Übungen mitgibt.«

»Ja, es macht ihm sehr viel Spaß! Aber mein Mann hat sich freiwillig angeboten, auch mal mit Rudi zu gehen, wenn Alex übt. Ich habe erst geglaubt, ich höre nicht recht, als er das sagte. Ich meine – mein Mann!« Immer noch überrascht schüttelte sie den Kopf.

Henning machte ein ungläubiges Gesicht.

»Das ist wirklich ganz erstaunlich. Auf welche Ideen man kommen kann...«

Auf Rückweg klingelte er bei Ellen. Ellen war in Wallbargen aufgewachsen und wusste immer alles.

»Henning, hallo! Und Rosine! Das ist aber schön! Wie geht es euch? Ich weiß gar nicht, wo Harry steckt. Kommt doch rein! Wie geht es Isabelle?«

»Danke, aber ich wollte nur kurz was fragen. Alles bestens bei uns. Rosine, nein, komm her!«

Rosine war zielstrebig in die Küche gelaufen. So blieb Henning keine Wahl, als doch kurz ins Haus zu kommen. Das war eigentlich auch immer so gewesen.

»Was gibt es denn?« Ellens Blick wurde ernst.

»Ach, nichts, gar nichts. Mich würde nur interessieren, ob du weißt, wer der Mann ist, der öfter mit seinem Schnauzer hier unterwegs ist. Groß und mit Bart. Das gilt übrigens für beide.«

»Groß und mit Bart...? Groß und mit Bart... Ach, du meinst... Natürlich, wie heißt er denn noch gleich. Ich weiß: Eisenhauer, Arno Eisenhauer. Er wohnt in einem der Häuser kurz bevor man nach Aurich reinkommt. Gleich neben Marianne.«

»Marianne?«

»Ja, Marianne Renken, die macht doch Fußpflege. Sie hat auch einen Spaniel, aber den kennst du vielleicht gar nicht, man sieht sie aber nur selten damit spazieren. Arno

Eisenhauer. Er ist Berufsschullehrer. Warum willst du das denn wissen?«

»Naja, sagen wir so, ich habe eine Erfahrung mit ihm gemacht.«

Ellen sah ihn forschend an.

»Ah, ja. Ich kann es mir ungefähr denken. Arno ist so einer: Den muss man einfach kennengelernt haben.«

»Den Eindruck hatte ich allerdings auch. Aber dann weiß ich ja jetzt wenigstens, wie er heißt. Mehr wollte ich eigentlich auch gar nicht.«

Er machte sich auf den Weg zurück zur Tür, Rosine dabei mit den Beinen vor sich her schiebend, die sich mitten aus der Untersuchung der Küche gerissen fühlte. Harry kam ihnen von draußen entgegen und bellte, vielleicht aus Protest, weil er fürchtete, etwas verpasst zu haben.

»Wo hast du denn gesteckt?« fragte Ellen, und an Henning gerichtet: »Du willst es nicht erzählen, oder?«

»Oh, sicher, aber lieber ein andermal. Ich muss dringend wieder an die Arbeit. Ein Auftrag, der spätestens in dieser Woche fertig werden muss. Und noch ist ja Freitag.«

»In Ordnung, kein Problem. Und dann müssen wir auch unbedingt endlich mal unsere Hundetour zusammen machen. Ich meld mich einfach die Tage mal.«

»Ja, unbedingt!«

»Also, dann! Grüß schön!«

»Du auch, bis dann! Rosine, zack-zack!«

Schon am Sonntag nahm die Geschichte ihren Fortgang. Nach dem Frühstück fuhren Henning und Isabelle ins

Tannhusener Moor. Insa hatte etwas Besseres vor, sie war mit ihren Freundinnen verabredet.

Beinahe an derselben Stelle wie beim letzten Mal trafen sie das Paar mit den beiden Berner Sennenhunden. Nachdem die üblichen Floskeln rund um das Wetter und die Hunde ausgetauscht waren, fragte die Frau, während sie Rosine kraulte:

»Sind Sie auch schon gefragt worden? Von diesem Mann, der mir einem Büchlein herumgeht?«

»Mit einem Büchlein?« Henning und Isabelle sahen sich fragend an. »Nein.«

»Da geht ein Mann mit einem Büchlein herum und fragt, wem man wann begegnet ist und wie nah sich die Hunde dabei gekommen sind. Es ist dieser Mann mit dem schwarzen Hund, sie kennen ihn vielleicht. Groß und mit Bart. Er sagt, es geht um einen Fall, in dem eine gefährliche Krankheit verbreitet wurde.«

»Unmöglicher Mensch«, grummelte ihr Mann. »Ganz unmöglicher Mensch.«

»Seltsam fanden wir es schon. Wir haben auch schon von anderen gehört, dass sie befragt wurden. Muss man sich jetzt Sorgen machen?«

»Hat er denn gesagt, was da genau verbreitet worden sein soll?« fragte Henning.

»Er hat auch gefragt, ob wir in letzter Zeit Flöhe bei unseren Hunden beobachtet haben. Aber worum es eigentlich ging, keine Ahnung. Er hat nur so was gesagt wie, es ist eine laufende Ermittlung. So was verunsichert einen dann natürlich.«

»Allerdings«, warf Isabelle ein. »Wenn jemand so herumgeht und solche Sachen erzählt...« Sie schüttelte beinahe ungläubig den Kopf.

»Aber bei Ihrer brauchen wir uns ja keine Sorgen zu machen«, sagte das Frauchen der Sennenhunde und klopfte Rosine die Seite, »so gesund, wie die ist und so toll, wie das Fell aussieht!«

Sie verabschiedeten sich von der gesprächigen Frau mit ihren drei Begleitern. Allerdings musste sie noch einmal umkehren und Artus an die Leine nehmen, da dieser mit Rosine in die falsche Richtung gehen wollte.

»Ich kann das gar nicht glauben«, sagte Isabelle, als sie allein waren. »Was es für Menschen gibt. Man fühlt sich ja schon richtig schuldig ohne jeden Grund.«

Henning hob ratlos die Schultern. »Vielleicht liebt er seinen Hund so sehr.«

»Das wird es bestimmt sein. Mir kommen gleich die Tränen.«

Dann kam der Montag. Zuerst traf Henning die junge Frau aus Sandholt mit dem Border-Collie. Bei ihr hatte Arno Eisenhauer sogar geklingelt, um sie zu befragen.

»Ich fand das alles sehr merkwürdig«, sagte sie. »Aber man denkt ja erstmal, es ist was Offizielles, da darf man seine Beteiligung nicht verweigern.« Sie hatte alle Begegnungen mit anderen Hunden auf ihren Spaziergängen in der letzten Zeit, an die sich sich erinnern konnte, zu Protokoll gegeben. Anschließend hatte sie sich aber darüber geärgert. Der Mann war schließlich nur ein Privatmann, wer wusste schon, was er in Wahrheit bezweckte. Vielleicht wollte er ihre Gewohnheiten ausspionieren. Jedenfalls hatte sie sich vorgenommen, die ganz einsamen Wege in der nächsten Zeit zu meiden.

Wesentlich abgebrühter war Erik gewesen, mit dem Henning als Nächstes sprach. Erik war ein siebzehnjähriger Landwirtssohn. Er lehnte es ab, auf dem Hof mitzuhelfen, weil er die ganze konventionelle Landwirtschaft ablehnte. Stattdessen ging er lieber mit dem Hofhund Sally spazieren. Von Arno Eisenhauer befragt, hatte er einfach gesagt, er könne sich an gar nichts erinnern, denn er hatte keine Lust gehabt zu überlegen.

Beim Einkaufen am Dienstag traf Isabelle Frau Grote, die Mutter ihres Schülers Alexander. Diese berichtete, der Mann mit dem schwarzen Schnauzer habe sie ebenfalls angesprochen, als sie wieder Rudi ausführte. Die Sache mit Alexander und den Flöhen sei ihr aber noch so unangenehm in Erinnerung gewesen, dass sie sich außer zu einem pauschalen Loblied über die netten Menschen und die lieben Hunde in der Gegend zu keiner konkreten Aussage hinreißen ließ.

Am Mittwoch schaute Isabelle aus dem Fenster und sah, wie Arno Eisenhauer die Gartenpforte öffnete.

Henning und Isabelle hatten sich Gedanken darüber gemacht, wie sie sich verhalten sollten, wenn der Mann plötzlich wieder vor ihrer Tür stünde. Nicht aufmachen war eine Möglichkeit, die ihnen bestimmt niemand hätte verübeln können. Schließlich waren sie aber übereingekommen, ihn hereinzubitten und ihm etwas zu trinken anzubieten, gemäß der altbewährten Methode, Erzürnten den Wind aus den Segeln zu nehmen, indem man ihnen mit Freundlichkeit begegnet. Außerdem war da auch ein bisschen Neugier, was er überhaupt vorzubringen hatte.

Noch bevor er auf den Klingelknopf drücken konnte,

öffnete Henning die Tür und bildete zusammen mit Isabelle und Rosine ein Empfangskomitee.

»Schönen guten Tag, Herr Eisenhauer«, sagte er. »Wir haben Sie schon erwartet. Kommen Sie doch herein!«

Der Berufsschullehrer hatte vielleicht mit manchem gerechnet, damit aber nicht. Zögernd trat er in den Hausflur, einen großen Umschlag noch drohend erhoben haltend. Rosine schnüffelte vorsichtig an seiner Hose.

»Ja. Dankeschön. Guten Tag, Frau Wiese«, sagte er.

Henning wies auf die offene Tür zu seinem Arbeitszimmer, durch die ein Tisch mit Stühlen zu sehen war. »Setzen wir uns doch.«

Arno Eisenhauer stand einen Moment unschlüssig und drehte den Umschlag in seinen Händen.

»Möchten Sie Kaffee? Tee? Cappuccino?« fragte Isabelle.

»Vielen Dank, gerne einen Kaffee«, antwortete er. Doch dann besann er sich auf einmal wieder auf den Grund seines Besuchs.

»Aha, ich verstehe! Sie wollen mir den Wind aus den Segeln nehmen mit Ihrer Freundlichkeit! Ich lasse mich aber nicht umgarnen. Das haben schon viele versucht. Dagegen bin ich immun. Hier«, und er klopfte auf seinen Umschlag, »habe ich was für Sie. Das dürfte Sie interessieren!« Er öffnete ihn, nahm einige bedruckte Blätter heraus und breitete sie auf der im Flur stehenden Kommode aus.

»Was Sie hier sehen«, sagte er in unheilvollem Ton und klopfte auf das erste Blatt, »ist eine Liste aller Begegnungen meines Hundes mit anderen Hunden in den letzten zehn Tagen vor der Entdeckung der Flöhe. Und dies und dies und dies«, er klopfte auf die anderen

Blätter, »ist eine nahezu vollständige Auflistung der Begegnungen, die zuvor unter den anderen Hunden stattgefunden hatten. Was können wir also daraus ablesen?«

Henning und Isabelle starrten staunend auf die sorgfältig im Computer erstellten Tabellen. Artus und Aika waren darin verzeichnet, Harry, Sally, Radbod und andere Namen, deren Träger sie gar nicht alle kannten. Jeder Eintrag war mit Datum, Uhrzeit, Ort und einer Zentimeterangabe versehen. Das alles musste eine unglaubliche Arbeit gemacht haben.

»Was können wir also daraus ablesen?« wiederholte Arno Eisenhauer bohrend. Henning und Isabelle fühlten sich in ihre Schulzeit zurückversetzt.

»Dass eigentlich alle Hunde Flöhe haben müssten?« tippte Henning.

»Nicht raten, denken! Man kann zweifelsfrei daraus ablesen, woher Wotans Flöhe gekommen sind. Alle möglichen Übertragungswege führen nicht weit zurück, sondern enden früher oder später, weil sich die jeweiligen Hunde nicht näher als ein Meter gekommen sind. Das ist weiter, als jeder Floh springen kann. Übrig bleibt nur eine einzige Möglichkeit.«

Er pochte mit Nachdruck auf einen fett gedruckten Eintrag. Dort stand zu lesen:

Rosine / Besitzer Wiese, Labrador hell, 03.06., ca. 17:15 Uhr, 0 cm (Körperkontakt)

»Und was haben die Stellen mit Sternchen zu bedeuten?« fragte Isabelle.

»Das ist ein Fall von Flöhen vor drei Wochen in Tannhusen. Alle möglichen Übertragungswege von dort enden ebenfalls in einer Sackgasse.«

»Sie sehen mich beeindruckt«, gab Henning zu. Im Stillen vervollständigte er: von so viel Aufwand für nichts.

»Das alles dient nur der Beweisführung. Gewusst habe ich sofort, dass die Flöhe nur von Ihrem Hund kommen können, so wie der meinem Wotan zugesetzt hat.«

Hier wurde es Isabelle zu bunt. Ihre liebe Rosine hatte niemandem zugesetzt, schon gar nicht diesem Vieh Wotan voller Flöhe.

»Es ist so lächerlich!« brach es aus ihr hervor. »Einfach lächerlich das Ganze! Sagen Sie mal, merken Sie das gar nicht? Was Sie da machen?«

»Ihnen wird das Lachen schon vergehen«, konterte Arno Eisenhauer. Jetzt schien er in seinem Element. In Situationen wie dieser schien er sich wohler zu fühlen als bei einer friedlichen Tasse Kaffee. »Wenn Sie erst eine Anzeige am Hals haben. Fahrlässige Verbreitung von Ungeziefer. Hunde wie Ihrer sind eine Gefahr für die Allgemeinheit!«

Hennings Antwort darauf war, dass er die Haustür öffnete und mit einer deutlichen Geste sicherstellte, dass der Gast sie auch fand. Dieser hatte seine Botschaft überbracht und war seinerseits an einem längeren Aufenthalt nicht interessiert. Er sammelte seine Blätter wieder ein.

»Hausarrest wäre das Mindeste.« Und von draußen setzte er noch hinzu: »Aber ein Haltungsverbot ist wahrscheinlich das Einzige, was in solchen Fällen hilft!«

Einige Wochen vergingen. In der Familie Wiese erklärte man sich die ganze Geschichte im Nachhinein so, dass der Mensch zu denen gehörte, die nach kurzer Zeit glauben, was sie sich einreden. Er musste so fest davon überzeugt sein, sein Hund habe die Flöhe Rosine zu verdanken, dass er daraus für sich das Recht zur Missachtung grundlegender menschlicher Umgangsformen ableitete.

Sie überlegten einmal sogar, ob man Mitleid haben musste. Aber das ging ihnen dann doch zu weit. Als nichts weiter geschah, gingen sie davon aus, dass sich seine Energie beim Erstellen der Tabellen erschöpft hatte und der Besuch so etwas wie ein letztes Aufbäumen gewesen war. Sie verbuchten die Angelegenheit unter Merkwürdiges und vergaßen sie.

An einem Morgen im Juli schnitt Isabelle am Frühstückstisch ein Stück Emmentaler. Rosine gesellte sich wie zufällig zu ihr legte ihr freundschaftlich den Kopf auf das Knie.

»Och, Rosine«, sagt sie. »Du kriegst doch nichts. Du sabberst mir bloß die Hose voll. Geh in deinen Korb.«

Die Angesprochene ließ aufmerksam ihre Pupillen wandern, konnte sich aber nicht dazu entschließen, die vorteilhafte Position aufzugeben.

»Geh in deinen Korb!«

»Sie hat vergessen, wo der Korb ist«, sagte Henning. »Du musst es ihr zeigen.«

Isabelle stöhnte und stand auf. Obwohl es zu den alltäglichen Ritualen gehörte, die das Leben lebenswert machen, war es ihr an diesem Morgen lästig. Sie bückte sich zum Korb hinunter, zeigte mit ausgestrecktem Finger hinein und erklärte: »Korb!«

Rosine erinnerte sich wieder und leistete Folge.

»Was macht dein Fuß?« fragte Henning, während er Tee in die Tassen goss und Isabelle sich wieder an den Tisch setzte. »Du humpelst ja richtig.«

»Ich weiß auch nicht. Heute Morgen tut es wieder so weh unterm Ballen. Ich glaube, ich muss wirklich mal was unternehmen.«

»Warum fragst du Ellen nicht einfach mal nach ihrer Fußpflegerin? Auf die schwört sie ja.«

»Fußpflegerin. Ja. Dass muss ich wahrscheinlich machen...« Isabelle blickte abwesend auf ihr angebissenes Brot.

»Weißt du was?«

»Was denn?« fragte Henning.

»Ich glaube, ich fange an, alt zu werden.«

Isabelle hatte Glück. Die Fußpflegerin Marianne Renken hatte noch am selben Nachmittag vor den Geigenstunden Zeit für sie. Als sie gegen halb vier nach Hause kam, strahlte sie über das ganze Gesicht.

»Nanu«, staunte Henning. »Du hast wohl deine Leidenschaft für Fußpflege entdeckt. Hat sie dir helfen können?«

»Wir haben uns prächtig unterhalten. Sie hat auch einen Hund, einen Spaniel. Lilly.«

»Warte einen Moment«, sagte Henning und wandte sich wieder seinem Bildschirm zu. Er merkte, dass es etwas zu erzählen gab. »Ich mache hier gerade noch was fertig. Sekunde.«

Dann berichtete Isabelle, was sie von Marianne Renken, der Fußpflegerin, erfahren hatte.

Vor einer Woche war sie mit Lilly, ihrem Spaniel, bei der Tierärztin gewesen. Die Hündin verhielt sich so seltsam, dass sie sich ernsthafte Sorgen machte. Die zweifelsfreie Diagnose nach einer nur wenige Augenblicke dauernden

Untersuchung lautete: Lilly war trächtig!

Erleichterung war die erste Regung, gleich darauf aber folgten völlige Verwunderung und Ratlosigkeit. Wann, wie und wo hatte das passieren können? Das fragte sie sich seitdem pausenlos. Beinahe übertrieben hatte sie auf Lilly während der letzten Läufigkeit aufgepasst und sie sogar im umzäunten Garten angebunden, damit sie nicht ausreißen konnte. Wenn es ein Zusammentreffen mit anderen Hunden gegeben hatte, dann immer unter Frauchens wachsamen Augen. Es war und blieb ihr ein Rätsel. Wie es aussah, würde erst der Anblick der Welpen verraten, wer der Vater war!

Isabelle, die von Ellen auch erfahren hatte, wer in der direkten Nachbarschaft der Fußpflegerin wohnte, fragte an dieser Stelle, ob Lilly etwa vor nicht allzu langer Zeit einmal Flöhe gehabt hatte. Ja, die hatte sie gehabt, gab Marianne Renken verschämt zu. Vom Kater ihrer Schwester in Osnabrück hatte sie die mitgebracht, die beiden verstanden sich leider so gut. Das war Ende Mai gewesen. Sie hatte aber niemandem davon erzählt und Lilly einshampooniert und auch den Korb und alles andere mit Umgebungsspray behandelt. Wie denn Frau Wiese darauf kam?

Anstelle einer Antwort empfahl Isabelle ihr, sich schon einmal mit dem Gedanken an kleine Spaniel-Schnauzer anzufreunden. Denn wie sie zufällig wusste, hatte der Rüde ihres Nachbarn kurze Zeit später die Flöhe gehabt.

»Was hat sie dazu gesagt?« fragte Henning, als Isabelle bis hier von ihrer Unterhaltung mit der Fußpflegerin berichtet hatte.

»Sie fiel aus allen Wolken«, sagte Isabelle. »Die Vorstellung, dass ihre Lilly im Garten angebunden war und dem großen Wotan wehrlos ausgeliefert war, konnte sie kaum ertragen. Sie machte sich die schlimmsten Vorwürfe.«

Henning schüttelte den Kopf. »Das ist ja wirklich tragisch... aber Lilly scheint es ja gut verkraftet zu haben.«

»Ja. Sie tröstete sich dann auch mit der Tatsache, dass Wotan als Quittung die Flöhe mitbekommen hat.«

»Hm. Musst du eigentlich nochmal zur Fußpflege gehen?«

»Ja, ich bekomme noch eine Reflexzonenmassage. Warum fragst du?«

»Dann würde ich Lillys Frauchen raten, ihrem lieben Nachbarn die Welpen nicht zu zeigen.«

»Wieso?«

»Sie läuft sonst Gefahr, eine Anzeige wegen fahrlässiger Verbreitung von Ungeziefer an den Hals zu bekommen!«

5.

In der näheren Umgebung von Wieses Zuhause gab es kein Gewässer, in dem ein Labrador seine Wasserfreude ausleben konnte. Ein ganz idyllischer natürlicher Wasserlauf und alle möglichen Gräben waren zwar vorhanden, im Sommer aber reichte das darin vorzufindende Wasser nur dazu aus, sich den Bauch schmutzig zu machen. Jedes Mal, wenn Rosine sich auf diese Weise erfrischt hatte, war es Hennings Aufgabe, sie anschließend mit dem Gartenschlauch abzuspritzen. Isabelle duldete keinen Sumpfgeruch im Haus, der sich durch Achtsamkeit hätte vermeiden lassen, und ließ in diesem Punkt auch nicht mit sich diskutieren.

Dies alles war der Grund, warum Henning und Rosine an einem Tag im August im Auto saßen und nach Heidgast fuhren. In Heidgast gab es eine Kieskuhle, an der nicht mehr gebaggert wurde und deren Wasser beinahe so klar war wie ein Gebirgsbach. Für nennenswerten Badebetrieb war sie zu abgelegen. Ohnehin war es trotz der Jahreszeit zu kühl, als dass Zweibeiner ans Baden dachten.

Inmitten von Maisfeldern und eingefasst von Weidengebüsch lag die Wasserfläche da. Vom Auto ins Wasser brauchte Rosine nur Sekunden und vertrieb durch ihr geräuschvolles Hineinplanschen einen Reiher. Tatsächlich war kein Mensch zu sehen. Henning pries dieses Glück, atmete tief durch und schlenderte gemächlich am Ufer entlang. Nicht einmal das leiseste Motorengeräusch aus der Ferne war zu hören. Kein Störfaktor weit und breit – auch als Naturfreund, der fast täglich draußen unterwegs war, fand er das selten. Aber er war gefangen im Widerspruch jeder menschlichen Existenz: Er genoss den Frieden und zerstörte ihn doch gleich darauf, indem er Rosines Tennisball ins Wasser warf.

Nach ungefähr einer Viertelstunde schmerzte ihn der Arm. Er entschied, dass Rosine, die zum x-ten Mal das Wasser aus dem Fell schüttelte und ihm erwartungsvoll den Ball vor die Füße warf, nun müde war.

»Komm«, sagte er. »Das reicht für heute, würde ich sagen. Das machen wir wieder mal! Und jetzt gehen wir eine Runde, damit du trocken wirst.«

Gerade wollte er zum Auto gehen, um den Ball hineinzulegen, da schoss ein kleiner, aber umso flinkerer Mischlingshund über den Sand und begrüßte Rosine. Er gehörte zu drei Sportlerinnen, die auf der Straße vorbeitrabten.

»Oskar«, rief die Letzte von ihnen mit rotem Kopf. »Oskar!«

Aber Oskar konnte sie nicht hören. Er bellte laut, um Rosine von Anfang an jeden Zweifel zu nehmen, dass sie es mit einem tollen Hecht zu tun hatte. Rosine beachtete ihn jedoch nicht sehr, denn da war noch der Ball in Hennings Hand.

»Lass den lieben Hund in Ruhe«, rief die junge Frau und kam zurück. »Entschuldigung«, sagte sie, um Atem ringend, zu Henning. Auch eine ihrer Kolleginnen war stehen geblieben, sichtlich dankbar für die kurze Verschnaufpause. Sie mochten um die fünfundzwanzig sein und trugen beide ein ladenneu aussehendes Läuferdress.

»Er tut ja nichts. Er erzählt nur was«, erwiderte Henning.

»Ihren scheint es ja ganz kalt zu lassen. Ist das«, sie unterbrach sich kurz, um Luft zu holen, »ist das eine Hündin?«

»Ja, eine Hündin.«

»Das erklärt alles, Oskar ist nämlich ein Macho und muss dann immer großtun. Ja, du bist aber eine Feine! Und ganz nass, hast du gebadet? Wie heißt du denn?«

»Rosine«, antwortete Henning an Rosines Stelle.

»Rosine«, wiederholte sie. »So heißt du also! Wie lustig!«

Ihre Laufschwester kam ebenfalls näher, sich mit den Händen an den Hüften abstützend, deren Breite sie eigentlich nicht für den Laufsport prädestinierte.

»Baden«, stieß sie hervor. »Das möchte ich jetzt auch! Einfach ins Wasser!«

»Hund müsste man sein«, sagte das Frauchen von Oskar. Dieser hatte unterdessen die Strategie gewechselt und war dazu übergegangen, die Umgebung zu markieren.

»Das Wasser ist ja wirklich herrlich. Kommen Sie extra zum Schwimmen her?«

»Ja, ab und zu, aber nicht nur zum Schwimmen. Man kann hier mit dem Hund auch schön laufen, also gehen, meine ich. Danach ist Rosine auch meistens trocken. So spare ich das Abrubbeln.«

»Gehen«, sagte die andere sehnsuchtsvoll. »Warum kann man den Ostfrieslandlauf nicht auch gehen?«

»Weil man ins Ziel käme, wenn alle anderen längst zu Hause im Bett lägen.«

Diese Worte kamen von der ersten Läuferin. Sie war umgekehrt, um nachzusehen, wo ihre Trainingspartnerinnen blieben, und fand sie im Smalltalk mit einem Hundemenschen.

»So wird das doch nichts, Mädels. Wenn ihr euch so leicht ablenken lasst... Kommt, hopp, hopp!«

»Ach, Sie trainieren für den Ostfrieslandlauf?« fragte Henning, dem jetzt alles klar wurde. »Das ist eine schöne Strecke. Die meisten Abschnitte jedenfalls.« Der Ostfrieslandlauf fand jedes Jahr auf der ehemaligen Kleinbahntrasse zwischen Leer und Bensersiel statt. Die Auricher Nachrichten berichteten jedes Mal groß. Der Ossiloop war eines *der* regionalen Sportereignisse.

Bei der neu Hinzugekommenen flackerte Interesse auf.

»Sind Sie schon mitgelaufen? Alle Etappen? Auf welcher Platzierung?«

»Äh, nein. Ich bin den Weg allein gegangen«, musste Henning das Missverständnis aufklären. »Immer mal wieder ein Stück. Mit meinem Hund Rosine.«

»Ach, so.« Augenblicklich erlosch jede Neugier. Henning fühlte, wie er durch einen Rost in den Topf der Kategorie unsportlich fiel.

»Los, Mädels. Wir haben uns angemeldet, also ziehen wir das jetzt auch durch. Also, weiter, bevor ihr abkühlt!«

Durch ihre beiden Begleiterinnen ging ein Ruck. »Tschüß, Rosine«, sagten sie noch und riefen nach Oskar. Dann folgten sie gehorsam ihrer Teamkollegin. Henning warf den Tennisball ins Auto.

Als er zu Hause davon erzählte, beachtete Isabelle kaum die sportliche oder auch die komische Seite der Geschichte. Sie sagte nur prophetisch: »Das geht nicht lange gut.«

Was sie damit meinte, verstand er einige Tage später. Er war wieder mit Rosine nach Heidgast gefahren, um sein

Versprechen einzulösen, wieder mal den Tennisball ins Wasser zu werfen. Diesmal begegnete er den Dreien auf seiner anschließenden Tour durch die Felder. Schon von Weitem war das Trio mit Hund nicht zu verkennen. Sie schienen tatsächlich regelmäßig und eisern zu trainieren. Vorneweg lief Ossi eins, wie er die Ehrgeizige kurzerhand taufte, dicht hinter ihr in ihrem Fahrwasser folgten Ossi zwei und Ossi drei. Oskar, der Hund, wachte wie ein Schnellboot über den Zusammenhalt des Konvois. Als Ossi zwei und drei Henning und Rosine erkannten, strahlten sie vor Freude, verlangsamten die Fahrt und scherten aus.

»Kurze Pause!« rief Ossi drei, Oskars Frauchen.

»Muss das sein?« fragte Ossi eins ungeduldig. »Gerade haben wir unseren Rhythmus gefunden!«

»Der Rhythmus, wo man mit muss«, murmelte Ossi zwei kaum hörbar zwischen stoßweisen Atemzügen.

»Oskar und Rosine müssen sich doch begrüßen!« fand Ossi drei. Und zu Henning sagte sie: »Wie war das Wasser heute?«

»Prima«, antwortete er. »Ich wäre fast mit reingegangen. Aber ich war mir nicht sicher, ob Rosine mir ihr Handtuch geliehen hätte.«

Alle drei lachten über sein kleines Witzchen, sogar Ossi eins. Die Hunde standen derweil wie erstarrt Nase an Nase und wetteiferten darin, wer es am längsten durchhielt, ohne die Nerven zu verlieren.

»Trainieren Sie jeden Tag?« fragte er. »Wie läuft es?«

Ossi eins machte ein säuerliches Gesicht und wollte darauf antworten, aber Ossi drei kam ihr zuvor.

»Ja, fast jeden Tag. Man merkt schon, wie gut es tut.

Darauf kommt es ja letztendlich an, oder? Und darauf, dass es Spaß macht.«

Henning bemerkte den Seitenblick auf Ossi eins und spürte, dass diese dem noch sehr viel hinzuzufügen hatte. Aber sie schien einzusehen, dass es Zeitverschwendung wäre, und wandte sich ab, um ein paar Dehnübungen zu machen.

»Und Oskar?« fragte er weiter. »Wo nimmt der die Ausdauer her? Er läuft die Strecke doch bestimmt doppelt. Rosine würde längst die Zunge auf dem Boden schleifen.«

»Der ist auch ganz schön fertig, wenn wir zu Hause sind«, gab Ossi drei Auskunft. »Vor allem, wenn es wärmer ist. Er lässt sich nur nichts anmerken. Zu Hause liegt er dann wie tot auf den Fliesen, bis es sein Schmatzo-fit in den Napf gibt.«

»Ah, das kriegt Rosine auch. Frisst er es auch so gerne? Das würde mich mal interessieren. Bei ihr hat das nämlich nichts zu sagen, weil ein Labrador alles gerne frisst.«

Hier wurde es Ossi eins zu bunt.

»Das wollte ich sowieso schon mal sagen«, schaltete sie sich ungeduldig ein. »Petra«, damit meinte sie Ossi drei, »kannst du deinen Hund nicht besser zu Hause lassen? Das ist ja auch kein richtiges Laufen, wenn man ständig denken muss, dass einem was zwischen die Füße kommt. Ehrlich, mich macht dieses Tier so was von nervös.«

»Was?« Ossi drei fiel aus allen Wolken. »Das sagst du aber jetzt zum ersten Mal. Ich soll Oskar zu Hause lassen? Darum laufe ich ja gerade – weil er da mitkommen kann!«

»Petra, meine Liebe, hast du vielleicht mal daran gedacht, dass du ihn auch beim Lauf nicht mitnehmen kannst?«

»Das ist ja auch was ganz anderes! Was völlig anderes! Außerdem, mir vergeht langsam die Lust auf diesen Lauf, wenn man getrieben wird wie bei der Bundeswehr!«

»Bi-Ba-Bundeswehr«, echote Ossi zwei leise.

»Ist doch wahr«, bekräftigte Ossi drei.

Ossi eins schüttelte den Kopf.

»Das ist ja auch mal wieder so was. Da spricht man was an, und schon hast du keine Lust mehr. Ich dachte, wir wollten zusammen trainieren und keinen Waldkindergarten aufmachen, wo man beleidigt ist, wenn man seinen Fiffi nicht mitnehmen darf!«

Ossi drei antwortete nicht darauf, sondern zog es vor, Zusammenhalt mit Oskar zu demonstrieren, indem sie in die Hocke ging und ihn mitleidsvoll streichelte. Rosine nahm die Gelegenheit wahr und mogelte von hinten ihren Kopf unter ihre freie Hand.

Henning war es ziemlich unangenehm, Zeuge der privaten Auseinandersetzung zu sein. Wie kam er nur hier raus?

»Alles meine Schuld, ich hätte nicht so viel fragen sollen«, sagte er. »Ich glaube, ich sollte lieber weitergehen.«

»Machen Sie sich keine Gedanken«, beruhigte ihn Ossi zwei. »Das ist normal bei Frauen. Das hat gar nichts zu bedeuten.«

»Ach, so. Na, dann...«

Er wünschte noch viel Erfolg, denn das war unverfänglich und konnte auf verschiedene Dinge bezogen werden, und ging weiter seines Weges. Rosine war ebenfalls froh, dass es weiterging.

Nach genau einhundert Schritten wagte er das erste Mal, sich umzusehen. Die drei standen unverändert am gleichen Fleck und diskutierten.

»Im Verein ist Sport am schönsten«, sagte er zu Rosine.

Auf das nächste Zusammentreffen mit den Ostfriesland-Läuferinnen brauchte Henning nicht lange zu warten. Es fand schon am nächsten Tag statt. Er vermisste die Hundeleine, und da Insa abstritt, sie überhaupt gesehen zu haben, hielt er es für möglich, dass sie ihm in Heidgast aus der Tasche gerutscht war. An der Kieskuhle fand er sie nicht, brauchte dafür aber nicht lange zu warten, bis von der Straße ein Juhu zu ihm herüberscholl.

»Hallo!« rief eine Stimme. Es war Ossi zwei. »Wir sind's!«

Als Erstes zählte er, ob sie noch vollständig waren. Ja, sie waren noch drei, und sogar Oskar war mit von der Partie. Die ganze Gruppe machte einigermaßen einheitlich Halt. Er ging zögernd in ihre Richtung, wurde aber mit so fröhlichem Hallo empfangen, dass es wirklich so aussah, als seien alle Meinungsverschiedenheiten aus der Welt und vergessen. Rosine, die gerade den Ball aus dem Wasser geholt hatte, überholte ihn. Das Geschrei war groß, als sie sich zur Begrüßung kräftig schüttelte.

»Unser Treffen wird ja bald zum festen Bestandteil«, sagte Ossi zwei. »Was haben Sie bloß gestern von uns zankenden Hühnern gedacht?«

»Gar nichts weiter«, log Henning. »Wie ich sehe, hat ja auch die Vernunft gesiegt.«

Ossi eins lachte. Aber es war ein verächtliches Lachen.

»Die Vernunft hat gesiegt? Was ist denn daran

vernünftig, wenn man, anstatt konsequent zu trainieren, mit dem Hund Gassi läuft und alle Nas lang stehen bleibt, um ein Schwätzchen zu halten? Und ich bin dann also die Unvernünftige, ja? Haha!«

Henning erschrak. Da war er ja vollkommen falsch verstanden worden.

»Nein, nein, das wollte ich doch gar nicht sagen! Nicht, dass irgendwer gesiegt hat, sondern dass sich die Vernunft durchgesetzt hat und alle weiter friedlich zusammen laufen!«

»Nun krieg dich mal wieder ein«, sagte Ossi drei zu Ossi eins und klopfte ihr kumpelhaft auf die Schulter.

»Die Dame ist in letzter Zeit etwas empfindlich«, erklärte Ossi zwei, an Henning gewandt.

»Dabei haben wir uns doch alle lieb, nicht wahr? Mach ein freundliches Gesicht, sonst laufen wir extra langsam.« Ossi drei musste es unbedingt auf die Spitze treiben. »Außerdem kriegt man vom Ärgern Falten!«

Die beiden lachten wie über einen köstlichen Witz. Henning erkannte erst jetzt die wirkliche Situation. Die weniger ambitionierten Läuferinnen waren in der Überzahl und waren sich dessen auch klar bewusst. Wahrscheinlich hatte es über das Mitnehmen von Oskar und vielleicht auch über das Lauftempo eine Abstimmung gegeben. Sie machten sich jetzt einen Spaß daraus, ihrer Kollegin schadenfroh auf der Nase herumzutanzen.

Er hob die Hände. »Ich halte mich da raus«, erklärte er mit Nachdruck.

Aber es war schon zu spät. Für Ossi eins war das Fass übergelaufen.

»Sagt Bescheid, wenn ihr euch entschieden habt«, sagte

sie nur mühsam beherrscht, machte ein paar Sprünge auf der Stelle und setzte sich im Laufschritt ab.

Ossi zwei und drei sahen sich verblüfft an.

»Was meint sie?« fragte Ossi drei. »War doch alles nur Spaß, die soll sich nicht so haben.«

»Wahrscheinlich meint sie, ob wir überhaupt noch richtig laufen wollen.«

»Also, Lust habe ich allmählich keine mehr, wenn das so weitergeht.«

Dann gaben sie sich aber doch einen Ruck und liefen, einmal kurz zurückwinkend, eilig hinterher. Ihre sportliche Begeisterung hielt sich sichtlich in Grenzen. Oskar wetzte ihnen nach.

Nach diesem erneuten Desaster strich Henning für die nächste Zeit Heidgast aus der Liste seiner Zielgebiete. Nachdem er das Pech gehabt hatte, jedes Mal der Auslöser ernster Krisen innerhalb des hoffnungsvollen Teams gewesen zu sein, wollte er sich nicht auch noch das endgültige Zerwürfnis auf sein Gewissen laden.

Knapp zwei Wochen später kletterte das Thermometer auf hochsommerliche Temperaturen. Ein paar Tage blieb er standhaft, dann jedoch konnte er Rosine ein kühles Bad in frischem Wasser nicht mehr länger vorenthalten. Um Punkt vier Uhr am Nachmittag klappte er den Kofferraum zu und fuhr mit ihr zur Kieskuhle.

Nach einem ausgiebigen Erfrischungsprogramm für Hund und Herr – denn diesmal hatte Henning sein eigenes Handtuch mitgenommen – machten sie wie üblich ihre Runde. Der Mais war kräftig gewachsen. Von weitem Ausblick über das flache Land konnte nun endgültig keine Rede mehr sein. Trotzdem hielt er, so gut es ging, Ausschau nach seinen drei Bekannten. Zwar konnte er sich kaum vorstellen, dass sie wieder einträchtig zusammen liefen, aber wenn es so war, wollte er ihnen auf keinen Fall begegnen und neues Unheil anrichten. Ob er sich im Falle eines Falles im Mais verstecken sollte? Eine schlechte Idee war es nicht. Schon nach wenigen Metern wäre er allen Blicken entzogen. Rosine müsste er natürlich an die Leine nehmen und am besten noch das Maul zubinden.

Unter solchen tollkühnen Gedanken, wie sie typisch sind für einsame Spaziergänger, näherte er sich einem am Rand der schmalen Straße geparkten Auto.

Nein, das würde er selbstverständlich nicht tun, sich als erwachsener Mann in Tom-Sawyer-und-Huckleberry-Finn-Manier in die Binsen schlagen, um sich vor Passanten zu verbergen. Überhaupt rechnete er nicht wirklich mit ihrem Auftauchen.

Das Auto war leer. Es stand einfach inmitten der Felder am Straßenrand, ohne dass ein dazugehöriger Mensch zu sehen war. Henning ging vorbei. Vielleicht hatten es Inlineskater oder Hundeleute oder andere Jogger hier abgestellt. Was spielte es für eine Rolle?

Rosine lief, wie es ihre Gewohnheit war, um das Auto herum, um die Witterung aufzunehmen und zu sehen, ob nicht vielleicht jemand ausstieg, der Essbares übrig hatte. Henning kannte das und achtete nicht weiter darauf. Er drehte sich erst nach dreißig oder vierzig Schritten nach ihr um. Es war gerade der richtige Moment, um Zeuge davon zu werden, wie ihre Schwanzspitze im Maisfeld verschwand.

»Rosine!« rief er. Ob da ein Reh im Mais war? Schnell lief er zurück und erkannte, dass direkt beim Auto ein Mensch in den Mais eingedrungen sein musste. Ein schwach erkennbarer Pfad zerteilte den mannshohen Mais. Rosine war ihm gefolgt. Er rief noch einmal und wartete eine Minute, aber ohne Erfolg.

Henning befiel ein mulmiges Gefühl. Was war da los? Das verlassene Auto, Rosine, die nicht zurückkehrte... Sofort schossen einem Bilder aus hundert Fernsehkrimis in den Kopf. Aber es war klar, was von ihm gefordert war: Er musste nachsehen. Schon alleine wegen Rosine. Er sprang über einen kleinen Graben und betrat den grünen Urwald.

Schon nach den ersten Schritten stand ihm der Schweiß auf der Stirn. Kein Lüftchen drang zwischen die dicht an dicht ausgesäten Maispflanzen. Warum konnte Rosine ihm nicht den Gefallen tun und einfach zurückkommen? Er wäre auf der Stelle umgedreht, denn er entdeckte auf einmal an sich, dass er überhaupt nicht neugierig war.

Als er ungefähr zwanzig Meter weit gekommen war, hörte er auf einmal einen spitzen, weiblichen Schrei. Er blieb stehen und reckte sich so hoch er konnte. Das war vielleicht noch einmal zwanzig oder dreißig Meter voraus gewesen, mehr nicht. Und Sekunden später erschien an derselben Stelle auch schon kurz der Kopf eines Mannes zwischen den Maiswipfeln, um im nächsten Moment wieder abzutauchen.

»Oho!« sagte Henning leise und atmete erleichtert aus. »Da will ich nicht stören.« Nach kurzer Überlegung kehrte er um. Er glaubte nicht, dass er sich Sorgen um Rosine zu machen brauchte.

Als Henning den Rand des Maisfeldes erreichte, hörte er vor sich auf der Straße Stimmen. Es waren Frauenstimmen, und sie kamen ihm bekannt vor. Er blieb, wo er war, und kauerte sich in das üppige Grün des Feldrandes.

Das Bild, das an ihm vorüberzog, erfüllte ihn mit Staunen.

Zuerst kämpfte sich mit entrücktem Ausdruck Ossi eins vorbei. Sie war schweißnass, noch magerer als zuvor und glücklich. Dann kamen zwei Fahrräder und auf ihnen Ossi zwei und Ossi drei, nach Herzenslust schwatzend und lachend. Als letztes hintendrein rollte ein Fahrradanhänger. In ihm erkannte Henning Wasserflaschen, Schwämme, Bananen – alles, was zur Unterstützung einer hart trainierenden Läuferin nötig war – und niemand anderes als Oskar, der zufrieden seine Nase in den Wind hielt.

Augenblicke später war wieder alles still. Henning hörte es rascheln und drehte sich um. Rosine stand schwanzwedelnd hinter ihm.

»Du hast gerade was verpasst«, sagte er.

Rosine sah ihn groß an.

»Was man mit Hunden macht, die stören.«

6.

Henning hörte es zuerst von Isabelle.

»In das Haus mit dem blauen Dach ziehen jetzt neue Leute ein. Ramona hat schon den Möbelwagen gesehen.«

Ramona war Isabelles Friseuse. Das Haus mit dem blauen Dach stand in der Nähe des Wallbargener Sportplatzes. Es war dem ganzen Dorf ein beliebter Wegweiser: Am Haus mit dem blauen Dach musst du links abbiegen. Vorher hatte ein Zahnarzt darin gewohnt.

»Haben sie einen Hund?« fragte Henning.

»Davon hat sie nichts gesagt. Warum willst du das wissen?«

»Nur so. Weil ich ihnen dann sicher schon bald begegnen werde.«

Mit dieser Prophezeiung sollte er nicht recht behalten. Er hörte bald von vielen, dass sie einem der neuen Bewohner begegnet waren, und auch, dass sie tatsächlich einen Hund hatten. Wie der Zufall es wollte, traf er selbst sie aber lange Zeit nicht, obwohl er viel mit Rosine in der Umgebung unterwegs war und nicht selten sogar direkt am Haus mit dem blauen Dach vorbei kam. Zuerst war ihm das egal, mit der Zeit machten ihn die verschiedenen Erzählungen aber doch neugierig. Es war so ähnlich wie mit einem Film, den man als einziger nicht gesehen hat. Man weiß zwar, dass aus der Entfernung alles spannender klingt, als es ist, hat aber trotzdem das Gefühl, etwas Bedeutsames zu verpassen.

Die Erste, die diese Neugier weckte, war die Verkäuferin aus der Bäckerei mit ihrem struppigen Rüden, mit der er ein Stück Weg zusammen ging.

»Wir haben jetzt ja auch einen neuen Hund im Dorf«, sagte sie nach anfänglichen Bemerkungen über das Wetter und das lustige Verhalten der Hunde, die immer am gleichen Grashalm schnüffeln wollten, obwohl Hunderte da waren. »Haben Sie den schon gesehen? Ein schöner Collie, so einer wie Lassie. Scheint ein ganz Lieber zu sein. Oder eine ganz Liebe, das weiß ich nicht. Ich habe auch keine Ahnung, was das für Leute sind. Von hier sind sie ja wohl nicht. Wie der Mann rumläuft – als wenn er unbedingt auffallen wollte! Mit einem Hut und einem Mantel wie in einem Western. Ich bin ja jetzt seit zwölf Jahren in Wallbargen, aber so was habe ich hier noch nie gesehen. Auch bei uns im Laden nicht, obwohl ja viele Autos mit fremdem Kennzeichen halten. Würden Sie so rumlaufen? Man mag ja gar nicht richtig hingucken auf der Straße, wenn man ihm begegnet. Aber der Hund ist ein ganz Lieber. Ich glaube sogar, der hatte Angst vor Robbie. Vor Robbie Angst! Da muss er wirklich gutmütig sein, oder? Ich bin mal gespannt, wann die Frau bei uns im Laden was kaufen kommt. Kinder soll es ja keine geben, das habe ich jedenfalls gehört. Wir hören ja viel in der Bäckerei. Wenn es was gibt im Dorf, wir hören es als Erste. Das ist ja auch klar. Wenn ich an die Alten denke, zum Beispiel, für die ist das Reden genauso wichtig wie ihr halbes Geschnittenes. Was man da alles erfährt, ob man will oder nicht... Vieles möchte man ja gar nicht so genau wissen, bei Krankheiten und so weiter oder wenn über alles geschimpft wird, aber das kann man sich natürlich nicht aussuchen. Immer freundlich, das muss man sein, das gehört einfach dazu, wenn man hinter der Theke steht. Und dann erst die schlimmen Geschichten.

Wie im Frühjahr das mit dem Sohn von Oldewurtels. Schrecklich. Diese landwirtschaftlichen Maschinen sind ja auch Mordinstrumente heute, wenn man mich fragt. Also, ich bin wirklich gespannt, was das für eine Frau ist und ob sie mehr der Brot- oder der Brötchentyp ist. Wenn sie nicht woanders einkauft, das kann natürlich auch sein. Mal eben nach der Arbeit an den Backshop im Supermarkt. Wie viele Leute aus dem Dorf kaufen ihr Brot denn überhaupt noch bei uns? Oder ihr Mann ist für's Einkaufen zuständig und kommt hier mit seinem Cowboymantel reinspaziert. Eine Abwechslung wäre es ja mal. Für so jemanden habe ich noch nie eine Brötchentüte fertig gemacht. Ich hätte nur ein bisschen Angst, zu sagen, was es kostet. Was, wenn er den Colt zieht? Hihi... Ich stelle mir das gerade vor, das bei uns im Laden. Auf jeden Fall wäre es gut fürs Geschäft. Was meinen Sie, wie sich die Leute anschließend bei uns drängeln würden. Vielleicht sollten man ihn einfach fragen, ob er uns nicht mal überfallen will!«

Der zweite Bericht, den Henning erhielt, war von Thorsten Hecht. Thorsten Hecht betrieb eine Reparaturwerkstatt für Gartentechnik aller Art mit An- und Verkauf. Schon den ganzen Sommer hatten Isabelle und Insa ihm weismachen wollen, sie mähten nur deshalb nicht auch einmal den Rasen, weil der Rasenmäher so schwer anspränge. Jetzt wollte er sie beim Wort nehmen.

»Ojeojeoje«, entfuhr es dem Mann im grünen Overall beim Anblick der Zündkerze. »Die muss neu. Die ist ja gar nichts mehr. Und dann machen wir noch den Luftfilter sauber und einen Ölwechsel. Dann sollst mal sehen, wie der dann anspringt.«

Während er eine passende Zündkerze suchte, sah Henning sich in der Werkstatt um. Ein großer Aufsitzmäher schien der aktuelle Patient zu sein.

»Das ist einer, der springt überhaupt nicht mehr an«, erklärte Thorsten Hecht. »Hab ich gerade von Wilfried Janssen geholt.«

Henning hatte nicht die geringste Ahnung, wer Wilfried Janssen war.

»Gerade drei Wochen alt und schon will er nicht mehr. Und dann krieg ihn mal auf den Hänger rauf, wenn er nicht fährt und keiner da ist, dir zu helfen. Aber ich hab Glück gehabt. Ich steh da noch so bei Wilfried Janssen vorm Haus und überlege, wie ich ihn leichter hochschieben kann, da seh ich, wie auf der Straße einer langkommt. Einer mit nem Hund. Ich muss zweimal hingucken, nämlich, das ist einer, der nicht jeden Tag hier die Straße langkommt. Der muss sich verlaufen haben, denk ich. Wer kommt da die Straße lang?«

Henning hatte keine blasse Vorstellung.

»Django. In voller Montur mit Hut und Mantel. Genau wie Django! Entweder spinn ich, denk ich mir, oder da läuft einer wirklich so rum. Aber ich war ja froh. Konnte mir ja egal sein, was er anhat. Und ich hab auch nichts gegen Cowboys, wenn es die Guten sind. Kann er gleich mal beweisen, was er drauf hat! Ich sag also zu ihm: Moin, sag ich, ein kräftiger Mann, der kommt mir wie gerufen. Ich brauch nämlich jemanden, der mir hilft, diesen Aufsitzmäher auf den Hänger zu schieben, sag ich. Was macht er? Hilft er einfach schieben? Nein. Bleibt stehen und sagt kein Wort. Guckt sich nur die Sache an.

Und dann fragt er – was fragt er? Ob ich ein Seil habe. Ein Seil habe ich und geh hin und hol es aus dem Kofferraum. Ich geb ihm das Seil und er nimmt es und wickelt es langsam, ganz langsam ab. Dann schlingt er es einmal um die Deichsel vom Hänger und macht es dran fest. Das freie Ende wirft er über die Lenksäule vom Aufsitzmäher und sagt: Jetzt schieben! Ich schiebe also und er zieht und schwupp! steht das Ding auf dem Hänger. Das klappte ja auf Anhieb, sag ich und bedanke mich. Und was macht er? Er pfeift seinen Hund, tippt an den Hut und geht. Kein Mann von großen Worten. Geht einfach.

Eins muss ich ja sagen. So eine Hilfsbereitschaft erlebt man nicht alle Tage. Jeder andere hätte wahrscheinlich nur versucht, schieben zu helfen. Er wollte aber ein Seil haben. Ich meine, unter uns, zu zweit zu schieben wäre natürlich einfacher gewesen. Aber die Nummer mit dem Seil – die war spitze!«

Von Ellen, die Henning zu Hause an der Straße traf, bekam er den dritten Bericht.

»Rosine, ja, mein Mädchen, wie geht's denn? Hallo, Henning! Wie lange haben wir uns nicht gesehen? Da wohnt man in Rufweite und sieht sich gar nicht. Alles in Ordnung bei euch? Das ist aber schön! Geht ihr jetzt eure Runde? Ich komme gerade mit Harry nach Hause. Harry, wo bist du? Ja, guck doch mal, wer hier ist!

So ein Wetter, was? Ich bin auch fast niemandem begegnet. Nur dem Mann, der in das Haus mit dem blauen Dach gezogen ist. Und seinem Collie. Das ist ja ein ganz Bildhübscher. Ach, du hast sie noch nicht getroffen? Da hast du aber was verpasst! Er läuft nicht nur bei Regen, sondern auch bei schönstem Wetter mit einem langen Mantel und einem Cowboyhut herum. Stell dir das vor, hier in Wallbargen! Da hast du recht, das muss jeder selbst wissen, wie er rumlaufen möchte. Mich stört es auch nicht. Ich finde sogar, das ist mal ein richtiger Mann, haha! Ich habe das auch schon zu Bernd gesagt. Vielleicht macht es ihn ja ein bisschen eifersüchtig! Das kann ja nie schaden! Haha!

Das war aber schon eigenartig vorhin. Du weißt ja, ich rede immer gern mit Leuten. Gar nicht aus Neugier, sondern sie interessieren mich eben! An diesen Mann war aber überhaupt nicht ranzukommen. Also, das war so, der Collie ist eine Hündin, eine ganz vorsichtige, das findet Harry besonders spannend. Er war jedenfalls gar nicht weiterzukriegen. Deshalb standen wir eine Weile da, und ich habe gefragt, wie es ihnen so gefällt hier bei uns und ob sie sich schon ein bisschen eingelebt haben. Naja, und woher sie kommen und ob sie Aurich und Wallbargen bewusst ausgewählt haben und wie sie mit den Leuten klarkommen und ob sie was vermissen. Es war aber nichts aus ihm rauszukriegen als ein paar gebrummte, ausweichende Worte. Dabei bin ich auf keinen Fall zu aufdringlich gewesen. Nur wie man eben so redet, wenn sich Hundeleute begegnen. Ich hatte die ganze Zeit das Gefühl, er wollte nur eins, und zwar weiter. Man kann nicht sagen, er war direkt unfreundlich, aber auf jeden Fall sehr verschlossen. Naja, das ist ja sein gutes Recht. Sicher haben sie nach dem Umzug viel um die Ohren und müssen sich auch erst an die Leute hier gewöhnen. Ich bin auch gar nicht dafür, Neuankömmlinge gleich mit allem zu bedrängen. Es hat ja Zeit, wir werden alles das schon noch erfahren, und auch, woher seine Vorliebe für so eine ungewöhnliche Kleidung kommt. Ich finde solche Menschen ja grundsätzlich spannend. Die einfach ihr Ding machen, weißt du, ohne zu fragen, was andere vielleicht denken.

Ich möchte ja wissen, was so einer macht, also beruflich, meine ich. Die Frau soll ja Ärztin sein. Wo oder was für eine, das weiß ich aber nicht. Auch das werden wir ja sicher bald hören. Übrigens, auf ihrem Klingelschild soll *Rotemund* stehen. Das muss ihr Name sein, der Name der vorherigen Bewohner war ja Frerichs. Ach, ich finde das gut, mal wieder neue Leute. Wenn irgendwo neue Leute reinkommen, dann kommt immer was in Bewegung.

Ach, Henning, du willst sicher los. Rosine wird schon ganz ungeduldig. Wir wollen doch nicht, dass sie auf euren eigenen Rasen macht, haha!

Also, tschüß, grüß Isabelle – und unsere Hundetour vergessen wir nicht! Auf keinen Fall! Die machen wir bald mal!«

Über eines konnte kein Zweifel bestehen: Die neuen Dorfbewohner verschafften ihrem Hund ausreichend Auslauf. Den vierten Bericht gab Hinrich Sieben, ein Altbauer. Henning traf ihn mit seinem Fahrrad beim Land seines Sohnes, wo er mitgeholfen hatte, das Vieh umzuweiden.

»Ach, ja«, seufzte er und wickelte das Stück Weidezaun auf, das über die Straße gespannt gewesen war. »So ein bisschen Hilfe nehmen die Jungen ja ab und zu noch an. Wenn was nicht mit Maschinen gemacht werden kann, dann ist Opa noch gut. Aber sonst muss ja heute alles mit Maschinen gehen. Alles schnell und alles mit Maschinen. Keiner will mehr richtig arbeiten!«

Er schüttelte den Kopf.

»Ich denke ja, das kommt alles aus Amerika. Jetzt laufen sie bei uns ja sogar schon herum wie im Wilden Westen! Ja, das können Sie mir wohl glauben, so einen habe ich gestern gesehen. Auf dem Leegmoorweg, hinten bei Hinni Heiken. Meine Augen sind ja nicht mehr so gut, aber das war gar nicht zu übersehen. Ein Hut, wie die Cowboys einen haben, und ein Mantel, der fast über den Boden schleifte. Warum muss man so angezogen sein? Ich kann mir nicht vorstellen, dass so einer arbeitet.

Und nicht mal richtig Moin hat er gesagt.«

Ebenfalls genau beobachtet hatte die alte Frau Otten. Sie lieferte Henning über die Hecke ihres Vorgartens hinweg den fünften Bericht:

»Ja, gehen Sie mit Ihrem Hund hier mal schön spazieren! So lange es noch geht! Wenn sie hier erst mit dem Bau der neuen Straße angefangen haben, dann mögen Sie hier bestimmt nicht mehr spazieren gehen. Dann ist alles vorbei. Ich mag gar nicht daran denken! Ist das nicht furchtbar? Was brauchen wir hier denn eine neue Straße, wer soll denn darauf fahren? Zuerst habe ich mir ja gar nichts dabei gedacht, als das in der Zeitung stand, dass wieder Geld für den Straßenbau da ist. Ich habe nur gehofft, dass sie nicht bei uns damit anfangen. Aber als ich dann den Mann mit dem langen Mantel und dem Hut gesehen habe, da wusste ich sofort: Jetzt sind die Vermesser da! So jemanden habe ich hier noch nie gesehen, also konnte es ja gar niemand anderes sein. Er ist auch so auffällig herumgelaufen und hat Stöcke beiseite geworfen, die im Weg lagen. Diese Leute vom Amt – die erkenne ich sofort!«

Henning hatte bald das Gefühl, dieser Mann ging ihm absichtlich aus dem Weg. Der sechste Bericht kam von Monika Eilts, die die Wallbargener Gitarrengruppe leitete. Außerdem machten sie und ihr Beagle Tom dreimal in der Woche Nordic Walking. Sie blieb dabei nicht gerne stehen, machte aber Ausnahmen, wenn es triftige Gründe gab.

»Hallo«, rief sie, als sie sich Henning und Rosine mit großen Schritten von hinten näherte. »Na, hast du wieder die Flucht ergriffen?« Tom und Rosine hatten sich längst begrüßt. Nach einigen Belanglosigkeiten kam sie zur Sache.

»Was sagst du denn zu den Neuen, ich meine den Collie mit seinem Herrchen? Was, du bist ihnen noch nicht begegnet? Ich dachte, du wärst der Erste. Von dem ungewöhnlichen Aufzug hast du ja sicher schon gehört. Das ist ja überhaupt das Gespräch im Moment bei allen Hundetreffen. Keine Sorge, bestimmt wirst du bald mitreden können!

Ein bisschen merkwürdig scheinen die Leute ja sowieso zu sein. Jedenfalls halten sie sich ziemlich für sich. Also, ich weiß aus sicherer Quelle, dass sie die Nachbarn immer noch nicht eingeladen haben. Nicht, dass ich das so wichtig finde oder sie danach beurteile, aber es gibt bestimmt viele, die das tun. Das wirft dann gleich zu Anfang kein gutes Licht auf sie. Dazu muss man aber natürlich sagen, dass die Frau sehr viel arbeitet. Ihr Auto ist nur ganz selten da. Sie ist Ärztin am Krankenhaus und man weiß ja, wie da die Arbeitsbelastung ist. Ich möchte nicht mit solchen tauschen! Wenn du mal hinkommst, es ist eine Frau Dr. Rotemund. Aber eins habe ich auch schon gehört, ihren Hund, den Collie, den liebt sie über alles. Eine Bekannte von mir arbeitet beim Tierarzt. Da war die Frau Rotemund mit dem Hund in der Sprechstunde und war extrem besorgt wegen irgendwas mit den Augen. Dabei war es dann eigentlich gar nichts. Das ist doch wieder ganz sympathisch, oder?

Nur der Mann, also, da weiß man ja wirklich nicht, was man davon halten soll. Neulich sind wir uns mit den Hunden begegnet, oder besser gesagt, wären uns fast begegnet. Ich wollte ja ein nettes Wort sagen, aber ich kam gar nicht dazu. Er ist mir ganz komisch ausgewichen. Ganz auf der anderen Seite ging er und ignorierte mich völlig. Das tut man doch auch nicht, oder? Jedenfalls nicht, wenn man ein freundlicher Mensch ist und ein gutes Gewissen hat. Mir war das fast ein bisschen unheimlich, gerade zusammen mit diesem komischen Mantel und dem Hut. Ich weiß nicht, seitdem habe ich immer etwas Angst um unsere Mädchen, wenn sie draußen sind oder mit dem Fahrrad zu ihren Freundinnen fahren. Wenn sie selbst Kinder hätten, würde man sich wahrscheinlich gar keine Gedanken machen, aber so macht man sich eben doch welche. Naja, ich hoffe, es ist wie mit den Hunden: Die, die bellen, beißen nicht. Wer sich anzieht wie ein Revolverheld – der ist wahrscheinlich harmlos!«

Es war ein sonniger, warmer Septembertag. Ein idealer Tag, um in einem schmucken alten Mercedes-Benz mit offenem Schiebedach über Land zu fahren. Henning wunderte sich daher nicht, dass Burkard wieder Probleme mit dem Netzwerk hatte und das Datenmaterial für einen Auftrag persönlich brachte.

»Es eilt ausnahmsweise mal nicht besonders«, sagte Burkard. »Ich dachte, ich gebe es dir trotzdem schon mal, wer weiß, wann mein Netzwerk wieder geht. Ah, da ist ja auch Rosine! Wollen wir mal in das Handschuhfach gucken?« Nach der protokollgemäßen Übergabe dreier Haferkekse an das tropfende Hundemaul lieferte er Henning, ohne sich dessen bewusst zu sein, den siebten Bericht.

»Bei euch hier draußen gibt es ja interessante Menschen. Ich hätte das gar nicht gedacht. Ich habe am Sandholter Weg kurz gehalten, weil im Kofferraum was klapperte. Da kam ein Mann mit einem Collie vorbeispaziert. Kein gewöhnlicher Ostfriese, das sah man gleich. Er sah sich meinen Oldie so an, als wenn er was sagen wollte, sich aber nicht dazu entschließen konnte. Da sagte ich zu ihm: Ist dies der Weg nach Texas? Ich muss dazusagen, dass er einen Stetson auf dem Kopf hatte und einen langen Staubmantel dazu an. So eine Art Marlboro-Mann. Deshalb kein gewöhnlicher Ostfriese. Da blieb er stehen und wir kamen ins Gespräch. Es stellte sich raus, dass sein Vater früher so einen Benz gefahren war. Das gleiche Modell, nur in Schwarz. Er wusste auch ganz genau Bescheid. Weißt du, was ich erfahren habe? Der Schaltknüppel ist nicht original. Der sah original anders aus. Er konnte mir auch sagen, wo man Originalteile kriegen kann. Ich hab mir die Internetadresse gleich aufgeschrieben. Er hatte nämlich selbst mal einen Käfer, den hat er dann aber wegen eines Umzugs verkaufen müssen. So geht es ja vielen. Die schönen alten Autos werden gar nicht mehr gefahren, sondern stehen bei irgendwelchen Sammlern.

Henning, sag mal, wäre das nicht auch noch was für dich? So ein Oldtimer? Du hast doch Sinn für so was. Ich könnte dir da bestimmt was vermitteln. Ja, da hast du natürlich recht, du kannst auch warten, bis dein eigener ein Oldtimer wird. Aber ich würde mir das wirklich mal überlegen. Mit dem Hund wäre es auch kein Problem, da gibt es ja Boxen und alles mögliche, um die Sitze zu schonen. Das habe ich auch zu dem Marlboro-Mann gesagt. Der Collie war ja bildschön und würde sich bestimmt hervorragend in einem schönen alten Cabrio machen. Mensch, das wäre doch eigentlich mal ein Foto für die Anzeigen, die wir für's Autohaus machen. Ich muss die Herren unbedingt mal fragen, ob sie einen offenen Zweisitzer oder so was in der Art an der Hand haben. Aber wahrscheinlich scheitert es wieder an den Kosten für den Fotografen. Und wir sollen es dann am Computer machen. Immer das Gleiche!

Nein, wirklich ein ganz interessanter Mensch. Und der Mantel hatte Klasse. Als wenn Clint Eastwood ihn schon getragen hätte. Ich möchte nicht wissen, was so einer kostet.«

Der achte Bericht, den Henning erhielt, war von einer besonderen Qualität: Er wurde untermauert von einem Bilddokument.

Eben wollte er mit Rosine das Haus verlassen, als Isabelle, deren erster Schüler schon sein Instrument auspackte, ihn zurückrief.

»Warte mal. Du interessierst dich doch für unseren Dorfcowboy. Ich glaube, Nils hat da was für dich.«

»Ich hab den gesehen«, bestätigte der siebenjährige Junge eifrig. »Wir haben mit Frau Bünting draußen Unterricht gemacht und haben Sachen aus der Natur gesammelt.« Frau Bünting war Lehrerin an der Wallbargener Grundschule. »Da ist der Mann mit dem Cowboyhut mit seinem Hund an uns vorbeigekommen. Die Mädchen haben schon Angst gehabt, aber der ist stehen geblieben und hat so getan, als wenn er einen Revolver hat, und dann hat er gerufen: Piff paff! Er hat ja keinen Revolver gehabt, aber das war trotzdem voll gut! Und dann hab ich ein Foto gemacht. Hier!«

Der Junge reichte Henning stolz ein Handy. Auf dem kleinen Display war ein Mann zu erkennen, der den verschiedenen Schilderungen entsprach. Sein Hut und der offene Mantel waren wirklich ungewöhnlich. Darunter trug er allerdings eine ganz normale Jeans und ein helles Hemd. Seine O-Beine passten gut zur Rolle des Cowboys. Neben ihm lief sein Collie. Obwohl Henning sich beide eigentlich genauso vorgestellt hatte, war er irgendwie enttäuscht.

»Toll«, sagte er trotzdem. »Gut, dass du mich gewarnt hast. Ich werde jetzt nie mehr ohne meine Kanone vor die Tür gehen!«

Von einer ganz neuen Seite des bemerkenswerten Mannes erfuhr er im neunten Bericht. Der Klempner Helfried

Rocker führte den West Highland Terrier seiner Frau aus und grüßte mit den Worten:

»Herr Wiese, alles in Ordnung mit der Heizung? Prima. So soll es sein. Ich hab ja gleich gesagt: Das liegt an der Pumpe.«

Henning ging immer gern ein Stück mit ihm zusammen. Rosine fand den Westie lustig und er selbst konnte immer in Ruhe überlegen, ob er irgendeinen Tipp zu Installationsfragen gebrauchen konnte. Man kannte sich schon, seit Henning und Isabelle das Haus in Wallbargen gekauft hatten. Es war keine nähere Bekanntschaft, nur die von Handwerker zu Kunde, aber mit den Jahren war ein Vertrauensverhältnis gewachsen, das den Klempner hin und wieder dazu verleitete, von seinen Erlebnissen in anderen Häusern zu erzählen. Henning erinnerte sich zum Beispiel noch oft an die Geschichte von dem Abwasserrohr, das so sehr von Hundehaaren verstopft war, dass der Boden aufgestemmt werden musste. Er hatte Glück: Wieder hatte Helfried Rocker etwas erlebt, das einfach raus musste.

»Sie erzählen es ja nicht weiter, dass ich es erzählt habe«, sagte er einleitend. »Schließlich sind es auch Kunden. Aber ziemlich ungewöhnliche, das habe ich gleich gemerkt. Sie sind erst kürzlich hergezogen und noch nicht ganz fertig eingerichtet. Also, ich sollte da in der Küche den Anschluss für die Spülmaschine ändern. Keine große Geschichte, in zwanzig Minuten war ich fertig. Was macht man nachher? Man klopft an und sagt, dass alles fertig ist und man jetzt geht. Genau das hab ich gemacht. Die Frau saß im Wohnraum, so mit einem Bein auf der Couch, und las was. Ich hatte gerade alles gesagt, da ging die Tür auf, die direkt vom Flur ins Wohnzimmer geht. Ich stand ja in der anderen Tür, der von der Küche. Und jetzt kam's. Passen Sie auf. Eine Riesenshow. Großartig. Durch die Tür kommt ein Typ rein – wie im Film. Mit einem Cowboyhut auf dem Kopf und einem langen Mantel. Wie in einem Italowestern. Und er sieht mich nicht. Er hat keine Ahnung, dass ich da in der Küchentür stehe. Ich denke natürlich, was kommt jetzt, und bin auf alles gefasst. So einen coolen Typ habe ich ja überhaupt noch nie gesehen. Er kommt also rein, sagt kein Wort und geht mit seinem Mantel und seinem Hut bis in die Mitte des Zimmers. Da bleibt er stehen. Und jetzt kommt's. Er sagt – also, dieser ultracoole Cowboy sagt:

Hallo Hasi, bin ich noch dein Mausibär?«

Allmählich verdichtete sich das Bild des Mannes. Umso mehr er an Gesicht gewann, desto stärker wurde Hennings Gefühl, dass er irgendein Geheimnis haben musste.

Er hätte dafür keinen bestimmten Grund nennen können. Es war eher so, dass etwas fehlte. Wer es durch sein Äußeres so darauf anlegte, aufzufallen, der war für gewöhnlich stark mitteilungsbedürftig und hatte irgendeine verrückte Botschaft. Vor allem suchte er sich eine andere Bühne als die Gassiwege in Wallbargen. Der Mann mit dem Collie hingegen schien eher froh zu sein, wenn er den Leuten aus dem Weg gehen konnte. Er war ein viel zu normaler Mensch.

Ein paar Tage fuhr Henning des schönen Wetters wegen mit Rosine in andere Gegenden. An einem Samstagmittag dann wollte er zu Hause eine Runde machen, um nachmittags Zeit für den Rasen zu haben. Isabelle war mit Insa nach Oldenburg gefahren. Als er das Haus verließ, hatte er keine Ahnung, dass es der Tag des zehnten Berichts war. Und auch nicht davon, dass er ihn sich selbst würde geben können.

Im äußersten Westen von Wallbargen, in dem sich nur selten ein Vertreter des Gesetzes blicken ließ, wehte ein trockener Wind über staubige Feldwege. Die Sonne stand hoch am Himmel. Schwarzweiße Rinder hatten sich hinter einem hölzernen Gatter um die Tränke versammelt. Hinter ihnen drehte sich hoch aufragend ein Windrad.

Rosine lief voraus und kontrollierte ein spärliches Brombeer- und Weidengebüsch. Die Hände in den Taschen und mit den Schuhen durch vertrocknete Grasbüschel streifend, dachte Henning an nichts anderes als den Wind, die Sonne und den Weg unter seinen Füßen. Über ihnen kreiste eine Anzahl Krähen, ohne dass er sie beachtete.

Plötzlich, ohne jede Warnung, löste sich eine Gestalt aus dem Schatten einer Birkengruppe. Er brauchte nur Bruchteil einer Sekunde, um sie zu erkennen. Sie trug einen breitkrempigen Hut und einen langen Mantel, der fast bis zum Boden reichte. Neben ihr lief ein schottischer Collie.

Henning sog die Luft ein. Das war die langersehnte Gelegenheit, Klarheit zu schaffen. Wie lange hatte er auf diesen Augenblick gewartet? Jetzt war er da. Endlich würden sie die Sache aus der Welt bringen, er, Henning Wiese, und der Mann aus dem Haus mit dem blauen

Dach. Auf die Art von Männern. Indem sie sich Auge in Auge gegenübertraten und es allein unter sich ausmachten.

Langsam schritten er und der Mann mit dem Mantel aufeinander zu. Als sie fünfzehn Schritte voneinander entfernt waren, blieben sie stehen, denn die Hunde hatten sich in der Mitte getroffen, um ihre Bekanntschaft zu machen.

Henning maß den Gegenüberstehenden genau. Das Mittagslicht war grell, seine Augen wurden zu Schlitzen. Vor ihm stand der geheimnisvolle Fremde, genauso, wie die verschiedenen Berichterstatter sein Bild gezeichnet hatten. Aber er war nicht länger der Gegenstand von Geschichten. Er war aus Fleisch und Blut. Henning fühlte, wie ihm der Schweiß über die Stirn perlte. Langsam schlug er mit der Rechten seine Jacke zurück.

Für einen kurzen Moment flimmerte ein Bild vor seinem Auge auf: Er als kleiner Junge, wie er zu seiner Mutter lief, weil ein Welpe ihn umgerannt hatte. Dann zog er entschlossen das Taschentuch und wischte damit über seine Stirn.

Ein weiterer Augenblick verstrich, ohne dass er oder sein Gegenüber in seiner abwartenden Haltung ins Wanken geriet. Dann hatten die Hunde unter sich alles geklärt. Für die Menschen war es das übliche Signal zum Weitergehen. Henning wollte etwas sagen, aber sein Kopf war leer. Er brachte nur einen freundlichen Gruß hervor. Dann waren sie aneinander vorbei.

»Weißt du, was mir aufgefallen ist?« fragte Henning Isabelle beim Abendessen. »Alle haben immer nur das

Äußere beschrieben, nie den Mann selbst. Immer war nur die Rede von dem Hut und dem Mantel. Die Phantasie der Männer, der Kinder und sogar der Frauen entzündete sich einfach an diesem Hut und diesem Westernmantel.«

»Toll«, fand Isabelle. »Auf so was kommst du also, wenn du längere Zeit hinter dem Rasenmäher herläufst?«

»Warte ab, ich bin noch nicht fertig. Weißt du nämlich, was ich glaube: Das ist Absicht. Das ist Berechnung. Das ist ganz klug eingefädelt! Schon ganz zu Anfang hat die Verkäuferin aus der Bäckerei gesagt, ich habe es noch im Ohr: Als wenn er unbedingt auffallen wollte. Wenn hinter dem Aufzug also die Absicht steckt aufzufallen, sein Träger aber gar nicht der Typ dafür ist, dann kann der Grund doch nur einer sein: Er soll von ihm ablenken. Er soll vom Menschen ablenken. Die Frage ist nur: Warum? Und außerdem ist mir noch was aufgefallen.«

»Noch was? Das ist ja kaum zu glauben.«

»Ja. Als mir nämlich wieder das Foto in den Sinn kam, das Nils mit seinem Handy gemacht hat. Erinnerst du dich? Auf dem Foto war ein Mann mit O-Beinen zu erkennen. Ich weiß das genau, weil ich noch dachte, das ist ja wirklich ein echter Cowboy. – Sag mal, wo ist eigentlich Insa schon wieder?«

»Insa ist heute Abend bei Nicole.«

»Nicole? Wer ist Nicole? Naja, spielt ja keine Rolle. Sie hätte was über das Leben lernen können. Ich werde jetzt nämlich die Lösung des Rätsels verraten.«

Isabelle verteilte Kräuterquark auf einer Scheibe Brot. Ihr Interesse war immer noch mäßig.

»Es ist die einzige Erklärung«, fuhr Henning mit Eifer fort. »Hör zu: Sie wechselt öfter mal den Mann.«

»Wie bitte?«

»Es ist nicht immer der gleiche Mann, was nicht anderes bedeutet als: Die gute Frau Rotemund wechselt ab und zu den Mann! Das passt zu dem, was der Klempner zufällig mit angehört hat. Nur frisch Verliebte nennen sich Hasi und Mausibär. Verstehst du? Sie steckt jeden ihrer Männer in die gleichen ungewöhnlichen Sachen. Einen breitkrempigen Hut und einen Westernmantel. Für jeden ist schon von Weitem klar, da kommt wieder der Cowboy mit dem Collie. Niemand kommt auf die Idee, dass es ein anderer Mensch sein könnte. Alles passt zusammen: Sie liebt ihren Hund über alles, ihr Beruf lässt ihr keine Zeit, ihn auszuführen, also muss der gerade aktuelle Mann mit ihm spazieren gehen. Aber im Dorf soll nicht geredet werden.«

Isabelle hatte ihm immer aufmerksamer zugehört. In ihren Augen war ein Flackern zu beobachten.

»Das Foto auf Nils' Handy gibt mir recht«, spielte Henning seinen Trumpf aus. »Der, dem ich heute Mittag begegnet bin, hatte nämlich keine O-Beine. – Was sagst du jetzt?«

»Meine Haare sehen unmöglich aus«, sagte Isabelle. »Ich muss unbedingt einen Termin bei Ramona machen.«

7.

Es war Anfang November. Bis zum Jahresende konnte noch viel passieren. Dennoch war es die Zeit, in der sich auch abzuzeichnen begann, was man alles würde auf das nächste Jahr verschieben müssen. Bei Wieses war es zum Beispiel der Anstrich des Hausflurs, das Aufräumen des Dachbodens und das Aussuchen und Anbringen einer neuen Außenlampe. Wenn man sich erst einmal an den Gedanken gewöhnt hatte, noch ein paar Monate länger mit den Dingen zu leben, erschienen sie gar nicht mehr so schlimm.

Umso größer wurden die Pläne für das nächste Jahr. Das nächste Jahr war ja lang und bot alle Möglichkeiten für große Veränderungen. Bei Henning und Isabelle führten Überlegungen dieser Art auch regelmäßig dazu, sich grundsätzlicheren Fragen zu stellen: Was will ich eigentlich? Was ist mir wichtig im Leben? Sind wir auf dem richtigen Weg?

»Eigentlich müsste man auswandern«, sagte Isabelle an einem Sonntagmorgen beim Frühstück.

»Wohin?« fragte Henning.

»Weg von all den Verpflichtungen und Zwängen. Nach Schweden vielleicht oder Irland. Wo man beim Frühstück über einen See oder das Meer blickt.«

Sie schauten beide aus dem Fenster. Hinter der gegenüberliegenden Weide war die fensterlose Rückseite von Rademachers Scheune zu sehen.

»Ich stelle mir das gerade vor. Ein kleines, schnuckeliges Häuschen, das wenig Arbeit macht. Man bräuchte gar keinen Garten, sondern würde sich im Sommer einfach draußen auf die nächste Wiese setzen. Und im Winter immer ein Feuer im Kamin. Davor liegen die Hunde und man beschäftigt sich mit nichts als Musik und Büchern. So ein Leben wäre schön!«

Ihr Blick verklärte sich. Henning staunte ein wenig, weil sie Pilcher-Verfilmungen im Fernsehen nicht ausstehen konnte. Rosine setzte sich im Korb auf und starrte sie an, ließ aber nicht erkennen, ob es wegen des anderen Hundes war, von dem Frauchen gesprochen hatte, oder wegen des Knisterns der Brötchentüte.

»Ich verstehe dich«, sagte er beipflichtend. »Man muss ja nur mal überlegen, wo man überall Kunde oder Beitragszahler ist. Man bezahlt ungefähr zehn Versicherungen, Gas, Strom, Wasser, Telefon, Handy, Internet, Bankgebühren, Müllgebühren, Grundsteuer, Kraftfahrzeugsteuer, Hundesteuer, den Schornsteinfeger, die Kläranlagenwartung, Entwässerung, Autoinspektion, TÜV, Winterreifenwechsel, Zeitungsabos und ich weiß nicht, was alles sonst noch. Alles, weil es eben sein muss. Das ist doch verrückt, oder?«

Isabelle schüttelte halb abwesend den Kopf. »Ich komme mir vor wie Vieh, das stumpf zur Melkmaschine geht«, sagte sie.

»Man müsste es wirklich machen«, fuhr er fort. »Irgendwo ganz neu anfangen und sich fragen, was man wirklich – ich meine wirklich – braucht. Allein die ganzen Geräte, die man hat, und ganze Zimmer voller Zeug. Das meiste ist doch Ballast, und man hat ihn sich selbst aufgeladen.«

»Wenn wenigstens nicht so viel davon aus Plastik wäre und aus China. Warum kauft man das eigentlich? Warum macht man überhaupt alles das mit?«

Henning konnte ihr die Frage nicht beantworten. Sie waren viel zu tief in das System verstrickt, sie waren Teil von ihm. Wer hatte schon den Mut und brachte die Konsequenz auf, aus all dem wirklich auszusteigen?

Mit dieser Frage endeten diese Gespräche meistens. Diesmal war immerhin etwas anders: Sie beschlossen, vom globalen erdölbasierten Konsumkarussell abzuspringen und fortan eine Spülbürste aus nachhaltiger Forstwirtschaft zu verwenden.

Am nächsten Tag, dem Montag, trafen Henning und Rosine am Sandholter Weg flüchtige Bekannte. Sie war in Insas Grundschulzeit Elternsprecherin gewesen und er war ein Chow-Chow.

»Ein richtiger Prachtkerl«, sagte Henning. »Beim letzten Mal war er noch ein Welpe. Hat sich prima gemacht!« Eigentlich lud die Stelle an der Straßenkurve nicht zu einer Unterhaltung ein, aber da sie sich sehr lange nicht begegnet waren, waren ein paar nette Worte Pflicht. Es war selbstverständlich, dass Rosine im Gegenzug ein Lob für ihr tolles Fell bekam.

Gerade wollte er noch eine Bemerkung über das unfreundliche Wetter machen und dann weitergehen, als die Frau, deren Name ihm gar nicht mehr einfiel, ihm mit unerwarteter Herzlichkeit an den Arm fasste.

»So ein Zufall, dass ich dich gerade heute hier treffe, Henning. Darf ich dich was fragen?«

»Ähm, ja, warum nicht?« antwortete er und hob fragend die Augenbrauen.

»Bist du mit deinem Leben zufrieden?«

Jetzt war er wirklich überrascht.

»Möchtest du was in deinem Leben ändern?«

»Das ist ja wirklich ein Zufall«, sagte er zögernd. Jetzt fiel ihm auch der Name wieder ein: Astrid. »Wir haben gerade gestern darüber gesprochen, dass man eigentlich was ändern müsste.«

»Siehst du?« sagte sie bedeutungsvoll. »Dann habe ich was für dich, oder für euch, was euch bestimmt interessiert.«

»Aha?«

»Henning, darf ich mal bei euch vorbeikommen und euch ein bisschen was erzählen? Ich kann mir wirklich sehr gut vorstellen, dass es interessant für euch ist.«

»Hm, ja, also... Worum geht es denn genau?«

»Hier so auf der Straße kann man das nicht richtig erklären. Das verrate ich lieber erst dann, wenn auch deine Frau dabei ist. Würde es euch vielleicht gleich morgen passen?«

»Tja, also, ich weiß gar nicht...« Ihm fiel nichts ein, was am Dienstag Besonderes anlag. Und irgendwie war er ja auch neugierig, worum es ging. Wenn er es schon nicht auf der Straße erfahren durfte.

»Ich glaube schon.«

»Musste das sein?« waren die ersten Worte von Isabelle. »Du weißt doch, wir kommen im Moment zu nichts, noch nicht mal dazu, eine Außenlampe auszusuchen. Und da holst du noch diese Astrid ins Haus. Was will die bloß?«

Sie erfuhren es am Dienstag. Um acht Uhr abends saßen sie zu dritt bei Tee und Gebäck im Wohnzimmer. Astrid hatte eine große, blaue Tasche mit der Aufschrift *Doggies-Best* mitgebracht.

»Mensch, ich dachte noch: was für ein Zufall, dass ich deinen Mann so treffe«, sagte sie nach dem Austausch verschiedener Freundlichkeiten. »Bestimmt wollt ihr jetzt endlich wissen, was ich für euch habe. Also, ich habe es Henning gestern schon mal gefragt: Möchtet ihr was in eurem Leben ändern?«

»Naja. Manchmal schon irgendwas«, antwortete Isabelle unverbindlich.

»Siehst du? So geht es ganz vielen. Ich habe mich dafür entschieden, mein Leben zu verbessern, mehr Zeit zu haben, mehr Einkommen, und das alles mit einer guten Sache, hinter der ich wirklich dahinterstehen kann. Und das kann im Prinzip jeder!«

Triumphierend suchte sie das Erstaunen in Hennings und Isabelles Gesichtern.

»Und jetzt wollt ihr sicher wissen, wie das geht. Aber erstmal mal ein Leckerchen für Rosine!«

Sie griff in ihre blaue Tasche, öffnete ein kleines Probentütchen und legte vier oder fünf kleine Hundeküchlein auf den Boden. Rosine ließ sich nicht lange bitten.

»Seht ihr, wie gerne sie die frisst? Habt ihr das gesehen?«

Isabelle wollte darauf hinweisen, dass Rosine Brotkrümel oder Apfelreste mit der gleichen Begeisterung fraß, ließ es aber doch bleiben.

»Ich habe mich nämlich selbstständig gemacht. Und zwar als Beraterin für Hundezubehör von DoggiesBest. Habt ihr noch nie gehört? Das ist eine Firma aus Amerika, die sich entschlossen hat, die Gewinne nicht dem Handel und Zwischenhandel zu überlassen oder für Werbung auszugeben, sondern in die Forschung und Produktentwicklung zu stecken. Darum sind die Produkte viel besser als das, was man im Laden kaufen kann.«

Wieder griff sie zu der blauen Tasche.

»Interessiert euch das? Ich kann euch das mal zeigen. Dieses Halsband zum Beispiel. Darf ich es Rosine mal umlegen? Ja? Komm doch mal her, ja, du bist ja so ein braver Hund! So... Das steht ihr aber gut! Und dürfte ich dich, Henning, jetzt mal bitten, das Licht auszumachen? Habt ihr einen Dimmer? Ah, das ist perfekt! Bitte mal langsam dunkler machen... ja... noch dunkler... Na, was sagt ihr jetzt?«

Das Halsband hatte auf einmal automatisch rundum zu leuchten angefangen.

»So was habt ihr noch nicht gesehen, oder? Ich benutze es auch schon lange. Es ist überhaupt nicht zu vergleichen mit diesen Blinkis oder simplen Reflektoren. Machst du das Licht wieder an? – Und dies hier. Was denkt ihr, was das ist? Ein Wassernapf, ja. Aber kein gewöhnlicher. Es ist einer, der ein akustisches Signal gibt, wenn er leer ist. So können Herrchen und Frauchen nie mehr übersehen, dass kein Wasser mehr im Napf ist!«

»Ein akustisches Signal?« fragte Henning nach.

»Ja. Er piept.«

»Er piept«, wiederholte er.

»Man kann auch aus verschiedenen Melodien auswählen, aber da müsste ich nochmal nachlesen.«

»Nein, nein. Piepen ist gut.«

»Ich habe mich entschlossen, mitzuhelfen, diese tollen Produkte zugänglich zu machen. Und ihr könnt das auch. Jetzt wollt ihr sicher wissen, wie das funktioniert.«

Henning und Isabelle sahen sich an. Er machte eine

auffordernde Handbewegung.

»Unser Vertriebs- und Provisionssystem ist eigentlich ganz einfach. Bei jedem Verkauf bekomme ich eine Provision. Die Person, die mich eingeführt hat, ist mein Coach. Sie bekommt ebenfalls eine Provision, wenn ich etwas verkaufe, eine kleinere natürlich. Ich wäre dann euer Coach, und ihr könnt auch neue Leute einführen, die auch wieder neue Leute einführen, und so weiter. Bis zur zehnten Stufe gibt Provisionen bei jedem Verkauf. Merkt ihr was...?«

Ihre Zuhörer machten ein fragendes Gesicht.

»Im Grunde braucht man irgendwann gar nicht mehr selbst was zu verkaufen, man verdient ja immer mehr mit. Und das lebenslang! Die ersten Coaches in Deutschland sind alle Millionäre. Man muss nur für sich genügend Leute finden, die auch mitmachen wollen. Wenn man zehn Freunde innerhalb der ersten vier Wochen überzeugt, gibt es sogar einen Bonus. Ihr glaubt, das könnt ihr nicht? Das ist aber viel leichter, als ihr denkt, weil die Produkte so gut sind. Und man will ihnen ja was Gutes tun und sie teilhaben lassen an der tollen Sache.«

Astrid machte eine kurze Pause, um die Informationen sacken zu lassen.

»Ihr könnt gerne Fragen stellen, wenn ihr was nicht verstanden habt«, sagte sie dann.

»Mir würden da gar nicht so viele Bekannte einfallen, die in Frage kommen«, gab Isabelle zu bedenken.

»Das denkt man nur! Wir empfehlen, sich eine Liste zu machen von der Familie, Freunden, Bekannten, ehemaligen Mitschülern, Vereinskollegen, Arbeitskollegen und so weiter. Die kann man dann systematisch abarbeiten. Zum

Beispiel mit einem Telefonanruf pro Tag.«

Henning gab zu, dass er sich bei dem Gedanken nicht recht wohlfühlte.

»Was sagen meine Freunde, wenn ich sie besuchen komme und ihnen am Ende was verkaufen will?«

»Nein, nein – du willst ihnen ja nicht was verkaufen, du willst ihnen ja Vorteile bringen!«

Isabelle nahm die Teekanne. »Möchtest du noch?«

Dann sagte sie: »Also, ich habe mit meinem Unterricht mehr als genug zu tun. Darum kann ich nicht noch was anderes anfangen.« Sie wandte sich an Henning. »Aber du vielleicht? Wie ist es mit dir?«

»Für mich? Um ganz ehrlich zu sein, ich weiß nicht, ob das was für mich ist. Aber«, fügte er schnell hinzu, »das ist alles schon sehr interessant, ja, auf jeden Fall. Ich würde sagen, wir überlegen uns das in Ruhe.«

Sie entschlossen sich, erst einmal ein Leuchthalsband zu nehmen. Astrid zeigte ihnen die Preisliste. Es kostete neunundvierzig Euro neunzig.

»Manche fanden das schon teuer«, sagte Astrid und bedankte sich für die zehn Cent, auf die Isabelle verzichtete. »Aber das ist einem die Sicherheit für den Liebling ja auch wert, oder?«

In der nächsten Zeit war ein erstaunliches Phänomen auf Wallbargens Wegen und Straßen zu beobachten. Nach dem frühen Hereinbrechen der Dunkelheit waren überall leuchtende Halsbänder zu sehen.

Der Alltag hielt Henning und Isabelle beschäftigt, so dass der Traum vom Auswandern wieder in Vergessenheit geriet. Nur für eines reichte ihre Entschlossenheit: Sie fügten den Plänen für das nächste Jahr ein gründliches Ausmisten hinzu.

Eines Tages fuhr Henning zu Burkard in die Werbeagentur. Grund waren einige Entwürfe für einen von Burkards Kunden, die der persönlichen Besprechung bedurften.

»Hallo, Henning, schön, dass du schon so weit bist. Und wer ist denn da? Rosine! Wie geht's, altes Mädchen, na? Wir gucken uns das gleich mal zusammen an. Einen Kaffee? Café au lait? Latte macchiato? Cappuccino?« Er ging voran zur kleinen Küche.

»Ja, einen Milchkaffee nehme ich gerne.«

»Kennst du unsere Kaffeemaschine eigentlich schon? Es ist so ein Ding, das man nicht kauft, sondern mietet, Wartung inklusive. Sie macht tollen Kaffee, aber wir müssen viel trinken, damit es sich lohnt. So, warte mal... zweimal Café au lait.«

Es begann zu brodeln und zischen, und er fuhr fort: »Unter uns, das ist der größte Quatsch seit Langem, den ich abgeschlossen habe. Als hätte man nicht schon genügend Verträge mit aller Welt. Meine Frau und ich haben gerade noch darüber gesprochen. Allein die Verbände und Versicherungen und so weiter. Ich habe kaum noch Überblick darüber, welche Beiträge da immer abgebucht werden, betrieblich genauso wie privat.« Henning nickte verständnisinnig und wollte sagen, dass es ihnen ganz genauso ging, kam jedoch nicht dazwischen. »Aber ich habe jetzt beschlossen, unabhängiger zu werden. Weißt du, was ich als Erstes getan habe? Ich habe mir eine digitale Spiegelreflexkamera gekauft. Damit kann ich mindestens die Hälfte der Fotos, die wir für die Agentur brauchen, selbst machen und spare den Fotografen.«

»Eine digitale Spiegelreflexkamera«, wiederholte Henning anerkennend. »Die fehlt mir ja auch noch.«

In diesem Augenblick war aus dem Zimmer auf der anderen Seite des Flures ein Kratzen und Klappern zu hören. Sofort sah er sich nach Rosine um. Sie war nicht in der Küche.

Schnell hasteten sie beide zur Quelle des Geräuschs, denn in diesem Zimmer standen Computer, Drucker und andere Technik, verbunden durch ein nur mühsam geordnetes Wirrwarr von Kabeln. Burkard gab Entwarnung, denn glücklicherweise machte sich Rosine nur unter dem Besprechungstisch zu schaffen, wo Stapel von Unterlagen ein Zuhause gefunden hatten.

»Da wird irgendwo ein Haferkeks liegen«, sagte er. »Lass doch, lass sie ruhig. Dann braucht sich niemand danach zu bücken.«

In der gleichen Sekunde aber sahen sie beide, dass ein Kabel von einem Ladegerät in der Steckdose in einem Bogen zu einem Apparat führte, der auf dem Tisch lag. Es war die neue Spiegelreflexkamera. Vom Erscheinen der beiden Aufpasser in Alarm versetzt, trat Rosine die Flucht nach vorn an und riss dabei das Kabel mit. Zum ersten Mal in ihrer Laufbahn hörten Burkard und Henning das Geräusch, das entsteht, wenn eine digitale Spiegelreflexkamera auf Parkettboden schlägt.

Aus der Küche war ein Piepen zu hören.

»Der Kaffee ist fertig«, sagte Burkard. »Sag mal, hast du eigentlich für Rosine eine Haftpflichtversicherung?«

»Ich glaube schon. Ja, ich bin mir sogar sicher.«

»Gott sei Dank. Gut, dass man gegen alles versichert ist!«

»Endlich kommst du«, sagte Isabelle zur Begrüßung. Henning hatte sich bei seiner Runde Zeit gelassen. »In welchen Sümpfen habt ihr euch wieder rumgetrieben? Das Futter ist längst fertig. Und Ellen hat angerufen. Ob wir Lust haben, auf ein Glas Wein rüberzukommen.«

»Und? Haben wir?«

»Mir ist so schnell keine Ausrede eingefallen. Und es ist ja wirklich lange her, dass sie bei uns waren. Außerdem war es ja auch ganz nett beim letzten Mal.«

»Aha.« Er malte sich im Stillen aus, was er zu hören gekriegt hätte, wenn er so einfach ohne Rückfrage etwas abgemacht hätte.

Kurz nach acht Uhr standen sie bei den Nachbarn vor der Tür. Rosine war mit von der Partie und lief, als Ellen öffnete, an ihr und an Harry vorbei zur Küche. Von dort war die Stimme von Bernd zu hören, der sich vorausschauend aufgebaut hatte, um die Knabbersachen vor ihr zu bewachen. Harry stand im Flur und bellte, falls jemand zweifelte, dass er Herr der Lage war.

»Wir haben zufällig von euch geredet«, sagte Ellen. »Und da habe ich gesagt: Wenn ich nicht gleich den Hörer nehme und anrufe, dann bleibt's wieder dabei. Henning treffe ich ja öfter mal mit Rosine am Gartenzaun, aber wir haben uns ja so lange nicht richtig gesehen, Isabelle!«

Zu Anfang des Abends war, wie oft bei solchen Gelegenheiten, die Rede von Hunden. Isabelle erzählte, wie sie Rosine heute das Futter gemacht hatte, mit Reis, Putenstreifen und Olivenöl, und dass ihr Hennings

Ansicht, im Schmatzo-fit aus dem Sack sei alles drin, egal sei. Ellen hatte gehört, dass in der Nachbarschaft ein herrenloser Schäferhund gesehen worden war.

»Apropos Schäferhund«, griff Henning das Stichwort auf. »Da ist doch diese Frau mit dem Schäferhund, den sie immer so panisch fernhält von allen. Die beiden sind mir heute wieder begegnet. Diesmal hat sie sich mit ihm hinter einem Toitoi-Häuschen versteckt, bei der Baustelle an der Auricher Straße. Ich bin ja schon richtig gespannt, auf was man sich als Nächstes freuen darf!«

Bernd wusste auch eine Geschichte. Er redete nicht viel, aber wenn, dann lohnte es sich meistens zuzuhören.

»Ich habe ja mal was erlebt«, sagte er. »Das war in Hannover. Da wollten im Park zwei Hunde überhaupt nicht aneinander vorbei. Der eine war ziemlich groß und stark und der andere ein kleiner Weißer, der aber umso lauter kläffen konnte. Wisst ihr, wie sich die Situation aufgelöst hat...? Die Frau, dem der Kleine gehörte, hat ihn hochgehoben und einfach in einen Papierkorb gesteckt.«

Er erntete einen guten Lacherfolg. Ellen stand auf und ging zur Tür.

»Wo wir gerade so schön beim Thema sind!« sagte sie. Sie verschwand kurz und kehrte mit einer großen, blauen Tasche zurück.

»Und jetzt habe ich mal eine Frage an euch: Möchtet ihr etwas in eurem Leben ändern?«

8.

»Endlich wirst du mal wieder richtig sauber!« sagte Isabelle erfreut.

Rosine wälzte sich schon zum dritten Mal ausgiebig und mit großem Behagen. Normalerweise hätte es bei Herrchen und Frauchen Sorge ausgelöst, ob sie damit einen fragwürdigen Geruch annehmen und mit nach Hause tragen wollte. Aber in der vergangenen Nacht hatte es zum ersten Mal mehrere Zentimeter geschneit.

Wer es einrichten konnte, machte einen Spaziergang. Der Schnee löste sogar eine Art Ausnahmezustand aus: Nicht nur die altbekannten Kollegen mit Hunden waren unterwegs, man sah auch Menschen ohne Tier, aufgeräumt gestimmte ältere Ehepaare und ausgelassene Jüngere, für die Schnee in der norddeutschen Tiefebene noch etwas Besonderes war. Nur feiertags bei strahlendem Wetter kamen sie sonst aus ihren Nestern.

»Sind das da vorne nicht Ravelings?« fragte Isabelle.

Eine ganze Familie kam ihnen entgegen, bestehend aus drei Kindern und zwei Erwachsenen.

»Ich glaube, du hast recht«, antwortete Henning. »Ich wusste gar nicht, dass die einen Hund haben.«

Tatsächlich kam da ein übermütiger weißer Hund aus dem Graben geklettert und holte die Menschen mit größtmöglicher Geschwindigkeit ein.

»Ist das nicht schön?« fand Isabelle. »Eine richtige Bilderbuchfamilie. Wer hat heute schon noch mehr als höchstens zwei Kinder?«

»Vielleicht liegt es an seinem Beruf«, vermutete Henning.

»Das kann natürlich sein.« Vater Raveling war Reisebusfahrer und entsprechend selten zu Hause. Da war die Wiedersehensfreude zwischen den Eheleuten bestimmt immer groß.

Rosine und der ungestüme Hund begrüßten sich, so dass der Schnee durch die Luft wirbelte.

»Moin«, sagte Vater Raveling. »Auch unterwegs?«

Isabelle beugte sich zu dem fast ganz weißen Hund hinunter, der nur ein paar schwarze Flecken hatte. »Der ist aber noch jung! Wie heißt er denn?«

»Ein Prachtkerl«, bekräftigte Henning.

»Das ist Jojo. Wir haben ihn erst zwei Tage. Wir wollten ja so lange schon einen Hund haben, und jetzt geht es endlich mit den Kindern.«

»Wir gehen alleine mit ihm spazieren, wenn Papa nicht da ist«, verkündete die Älteste, die höchstens acht Jahre alt war. Ihre kleineren Brüder fügten mit dem größten ihnen zur Verfügung stehenden Nachdruck hinzu: »Ich auch!«

»Er hat vor Weihnachten noch eine Tour«, sagte die Mutter. »Und dann endlich frei!«

»Wo geht's hin?« fragte Henning.

»Nur nach Nürnberg«, sagte Vater Raveling. »Aber ich bin froh, wenn ich endlich Urlaub habe.«

»Jojo kann ein Kunststück!« informierte einer der Jungen.

»Wirklich?« fragte Isabelle. »Ein Kunststück? Was denn?«

»Ach, gar kein richtiges Kunststück«, sagte der Vater.

Der Junge bekam von seiner Mutter einen kleinen Hundekuchen. Den hielt er in die Luft, so hoch er konnte. Henning griff Rosine schnell ins Halsband. Jojo fixierte den Kuchen und wedelte dabei mit dem Schwanz. Zuerst fiel es Henning und Isabelle gar nicht auf, aber er wedelte nicht einfach hin und her: Er wedelte in der Runde. Es sah wirklich lustig aus.

»Ist nicht möglich!« rief Isabelle aus. »Das habe ich ja noch nie gesehen!«

»Jetzt müsst ihr dem anderen Hund aber auch was geben«, sagte die Mutter.

Rosine bekam auch einen Hundekuchen, aber sie wedelte nur seitwärts.

Nach ein paar weiteren Worten über den unerwarteten Wintereinbruch verabschiedete man sich und wünschte eine schöne Zeit.

»Ich stelle mir gerade vor, du wärst Reisebusfahrer und auch so viel unterwegs« sagte Isabelle nach einer Weile.

»Tja, dann müsstest du immer alleine mit Rosine raus. Bei jedem Wetter. Wäre das was für dich?«

»Warum? Vielleicht hätten wir dann auch drei Kinder.«

Am nächsten Tag erwartete Isabelle Henning schon ungeduldig, als er mit Rosine nach Hause kam.

»Ist was passiert?«

»Sonja Raveling hat angerufen. Jojo ist weg. Du hast ihn nicht zufällig unterwegs irgendwo gesehen?«

»Nein. Wie lange ist er denn schon weg?«

»Die Kinder waren heute Vormittag mit ihm draußen und sind ohne ihn nach Hause gekommen. Es ist eine ziemliche Katastrophe.«

»Oje. Ausgerechnet jetzt, wo sie mit den Kindern alleine ist.«

»Sie hat gefragt, ob du am Computer einen Zettel zum

Aushängen und Verteilen machen kannst. Sie kommt gleich vorbei mit einem Foto zum Einscannen. Das ist doch o.k.?«

Schon wenige Minuten später klingelte es an der Haustür. Es war Sonja Raveling.

»Die Kinder haben ihn von der Leine gelassen, obwohl sie es nicht sollten«, berichtete sie ganz aufgelöst. »Da ist er einfach auf und davon. Wir hätten diesen Hund ja gar nicht anschaffen dürfen. Aber Dieter wollte es so gerne! Ich sage ihm lieber erstmal nichts davon. Ich hoffe nur, er kommt schnell wieder oder wird gefunden. Die Kinder drehen mir sonst noch durch. Sie waren den ganzen Nachmittag draußen und haben gerufen.«

Das Foto zeigte Jojo mit seinen vorigen Besitzern in Uphusen bei Emden. Schnell war er eingescannt und aus der Mitte der üppigen Herrschaften herausgeschnitten. Henning setzte folgenden Text dazu:

Entlaufen! Wer hat mich gesehen? Ich bin ein Jahr alt, Rüde, mittelgroß, langhaarig, weiß mit schwarzen Flecken. Hinweise bitte an...

Dann druckte er das Blatt fünfzig Mal aus. Sonja Raveling zerfloss vor Dankbarkeit.

»Willst du nicht kurz vorbeigehen und nach Jojo fragen?« fragte Isabelle, als Henning sich nach dem Frühstück für den kurzen Morgenspaziergang anzog. »Mir geht das gar nicht aus dem Kopf.«

»Meinetwegen. Ich kann mich aber nicht lange aufhalten. Ich muss diese Infobroschüren für Büscher und Sohn unbedingt bis morgen fertig haben.«

»Ja, ja. Aber das ist doch auch wichtig. Ich kann mir

vorstellen, wie das die Kinder mitnimmt. Guck doch mal nach dem Rechten.«

»Ist gut, in Ordnung. Mache ich. Rosine!«

Es hatte nicht wieder geschneit, aber der Schnee der ersten beiden Nächte war kaum geschmolzen, nur der Wind hatte ihn von den Bäumen geweht. Bis zum Haus von Ravelings waren es gut zehn Minuten zu Fuß. Leider gab es keine Neuigkeiten. Die Zettel hatte die Mutter noch am Abend in der weiteren Nachbarschaft in die Briefkästen geworfen und an Laternenpfähle geklebt. Ihre Tochter hatte ein vollkommen verheultes Gesicht, weil sie sich solche Vorwürfe machte. Sie hatte Jojo nur ganz kurz von der Leine machen wollen, weil er sie um ein Bäumchen gewickelt hatte. Die Gelegenheit hatte er genutzt und war geradewegs den Weg weiter in die Felder gerannt.

»Wo ist das gewesen?« fragte Henning.

»Hier vorne auf dem Weg, der bei dem großen Baum reingeht.«

Er konnte sich vorstellen, was es im vaterlosen Haus für Szenen der Verzweiflung gegeben haben musste, konnte aber nichts weiter tun, als zu versprechen, die Augen offenzuhalten und auch jeden zu fragen, den er sah. Danach verabschiedete er sich wieder.

Den Feldweg kannte er, er war ihn aber nur ein- oder zweimal gegangen, da er nirgendwo hinführte. Bevor er nach Hause ging, wollte er kurz nachsehen, ob es Spuren im Schnee gab, die die Geschichte der Kinder bestätigten. Und wirklich, er kam schon bald an die Stelle, wo sich die Tragödie abgespielt haben musste. Rosine inspizierte den Ort mit größtem Interesse. Ein Stück weit waren den

Hundespuren noch Kinderstiefel gefolgt, dann waren sie aber umgekehrt.

»Komm, Rosine«, sagte er und sah auf seine Uhr. »Mal sehen, wie weit wir seine Spur verfolgen können.«

Henning war, was kaum jemand wusste, ein großer Fährtenleser. In seiner Jugend war er der ungekrönte Schnitzeljagdkönig gewesen. Seither war sein Ruhm ein wenig verblasst.

Es dauerte nicht lange, und Jojos Spur wurde unsteter. Er hatte hier und da am Wegrand geschnüffelt und auch ein gelbes Zeichen hinterlassen. Schließlich musste ihm der Feldweg langweilig geworden sein oder eine der zahlreichen Fasanenspuren hatte ihn gereizt: Er war mit einem Sprung über den verwachsenen Graben auf das benachbarte Feld gewechselt.

Rosine und Henning taten es ihm nach. Umzukehren, solange die Fährte nicht verloren war, kam nicht in Frage. Der Acker war weich, noch nicht nennenswert gefroren, und seine schwarzen Furchen traten hier und da aus dem Weiß hervor. Das Gehen war mühsam. Auch hier war Jojos manchmal gerader, manchmal krummer Kurs deutlich zu erkennen. Dem Acker folgten zwei weitere, nicht gepflügte Felder. Bei den Übergängen mussten sie die Spur jeweils kurz suchen, sie fanden sie aber schnell wieder. Auf diese Weise kamen sie nach einer knappen Viertelstunde zu einem abgelegenen, einzelnen Gehöft, das er oft von Weitem gesehen, bei dem er aber noch nie gewesen war.

Jojos Pfotenabdrücke führten geradewegs auf das Anwesen zu. Henning war zuversichtlich, vielleicht bald mehr zu erfahren, denn auf dem Hofplatz stand mit in die Hüften gestemmten Armen der Bauer und erwartete sie bereits.

»Geben Sie mir Ihre Schuhe!« sagte er barsch, als Henning wenige Schritte vor ihm angekommen war und eben sein Anliegen vortragen wollte.

»Wie bitte?«

»Geben Sie mir Ihre Schuhe!«

Er wusste beim besten Willen nicht, was er darauf sagen oder tun sollte, aber dann bemerkte er so etwas wie ein Grinsen im Gesicht des alten Landmannes.

»Warum? Ich brauche sie eigentlich noch«, traute er sich daher aufzubegehren.

»In den Sohlen sitzt meine Erde! In Sohlen sitzt meine Erde drin!«

Henning hielt es für das Beste, darauf zu lachen. Er hatte Glück, offenbar war es genau das, was von ihm erwartet worden war. Dann fragte er nach Jojo, war aber nicht sicher, ob seine Frage überhaupt verstanden wurde. Anstatt zu antworten, wollte der Alte wissen, in welchem Haus Henning wohnte. Er beschrieb es, seine Antwort schien jedoch für seinen Gesprächspartner keinen Wert zu haben ohne einen Hinweis, wer früher darin gewohnt hatte.

»Und was machen Sie beruflich?« war die nächste Frage.

Henning erklärte ihm auch dies.

»Werbung«, wiederholte der Bauer. »Für McDonalds?«

»Nein, nicht für McDonalds.«

Er erfuhr nie, wie der Alte ausgerechnet auf McDonalds kam.

Dieser machte ein paar mühsame Schritte auf das Haus zu. Bevor Henning seine Frage nach dem entlaufenen

Hund noch einmal anbringen konnte, erzählte er:

»Ich kann schlecht laufen. Schiet ist das. Eine Kuh war das. Hat mich getreten. Schiet.«

Unschlüssig, was er tun sollte, ging er neben dem Alten her. Die Tür vor ihnen ging auf. Eine Frau, allem Anschein nach die Frau des Bauern, steckte ihren Kopf nach draußen und rief:

»Kommt rein, Tee ist fertig.«

Er gab es auf. Zögernd wandte er sich zum Gehen und sagte: »Ja, dann schönen Tag noch!«

»Nee!« sagte der Bauer. »Meine Alte hat Tee gemacht! Wir müssen jetzt Tee trinken!«

So fand sich Henning, der gar nicht versuchte, zu widersprechen, kurz darauf in der Küche wieder, in der schon drei Tassen auf der geblümten Wachstuchdecke standen. Es roch nach einem Gemisch von Essen und altem Gemäuer.

»Ja, der Hund«, sagte der Mann, als er heil auf seinem Stuhl angekommen war, »der war da. Das war gestern. So ein weißer Hund mit ein paar schwarzen Flecken.«

»Ach, ja, der Hund. Ich habe ihm Milch hingestellt, die hat er ausgetrunken«, ergänzte seine Frau.

»Er war eine Weile da und ist dann hinter dem Postauto her.«

»Aha.« Henning hatte eine Sekunde lang gehofft, Jojo befände sich in der Scheune, verbarg seine Enttäuschung aber. »Das ist immerhin eine wertvolle Information. Dann könnte man ja als Nächstes den Postboten fragen, ob er gesehen hat, wo er hingelaufen ist.«

Der Alte nickte.

Dann trank jeder seinen Tee. Seine Frau gab Rosine mit

dem gütigsten Gesicht, zu dem sie fähig war, einen Keks, ohne zu fragen, ob sie es durfte.

»Warten Sie mal hier auf den Postboten«, sagte er. »Wohnen Sie denn dann in dem Haus, in dem früher Oltmanns waren? Oder in welchem?«

Als der Postbote aber innerhalb der nächsten Viertelstunde nicht kam, bestand Henning darauf, aufzubrechen. Der Bauer erhob sich ächzend von seinem Stuhl und verlieh ihm ein lebenslanges Recht, auf seinem Grund und Boden mit dem Hund zu gehen.

Henning bedankte sich gebührend. »Und alles Gute für Ihr Bein – dass es schnell wieder besser wird!«

»Besser wird? Das ist seit dreißig Jahren nicht mehr besser geworden. Schiet!«

Diesmal nahm er nicht den Weg über die Felder, sondern ging über die lange, holprige Zufahrt des Hofs zur nächsten Straße. Er hatte Glück: Kurz bevor er die Straße erreichte, sah er ein gelbes Auto. Er winkte, um sich bemerkbar zu machen, denn es konnte ja sein, dass es heute keine Post gab und somit keinen Grund einzubiegen. Schon von Weiten erkannte er aber, dass nicht der gewohnte Postbote hinter dem Lenkrad saß, sondern eine Vertretung. Das war natürlich Pech.

»Entschuldigung«, sagte er und beugte sich zum Autofenster hinunter. »Ich dachte, Sie wären der Zusteller, der sonst auch kommt. Ich wollte ihn fragen, ob er gestern einen Hund gesehen hat. Aber damit hat es sich ja erledigt!«

»So einen weißen, langhaarigen?« fragte der Postbote, ein ebenfalls blasser und langhaariger junger Mann. »Den habe ich gesehen. Ich hatte gestern auch schon diese Tour.«

»Ja! Der Bauer hat mir gesagt, dass er hinter dem Postauto hergerannt ist?«

»Wie ein Verrückter. Garantiert hat ein Kollege ihm mal öfter was gegeben. Er hat mich sechs oder sieben Häuser weit verfolgt. Als Hofhund nicht besonders gut geeignet, wenn man mich fragt.«

»Er gehört nicht zu dem Hof. Er ist ein paar Kindern weggelaufen.«

»Ach, so. Ich habe ihn nämlich später nochmal bei der Kirche gesehen.«

»Bei der Kirche! Wann war das?«

»So um die Mittagszeit.«

»Und dann nicht mehr?«

»Nein.«

Henning bedankte sich für die freundliche Auskunft und wünschte einen guten Endspurt. Der Postbote stöhnte. Die Weihnachtspakete stapelten sich bis unter das Autodach.

»Wo bleibst du denn? Ist Jojo wieder da?« wollte Isabelle wissen. Sie bemerkte Hennings Kopfschütteln. »Was war dann? Musstest du so lange Trost spenden?«

Aber dann sah sie Hennings Schuhe und mit ihnen wieder einmal alle ihre Vorurteile bestätigt.

»Ich dachte, du hast so viel zu tun«, sagte sie spöttisch.

»Ich habe Nachforschungen betrieben. Ich weiß jetzt, dass Jojo gestern Mittag bei der Kirche war.«

»Ach, so, Nachforschungen, warum sagst du das nicht gleich.«

Sie überlegte.

»Warum fährst du nicht gleich mal zur Kirche fragst ein bisschen herum? Du hast deine Jacke ja noch an.«

»Alles schön und gut, wenn du mir sagst, wann ich meine Arbeit machen soll?«

»Mach sie doch einfach heute Abend. Es ist sowieso nichts im Fernsehen. Du musst an den armen Hund und die Kinder denken.«

Der Parkplatz am Friedhof war leer bis auf einen Transporter. Ein Arbeiter war damit beschäftigt, braun gewordene Kränze und anderen vergänglichen Grabschmuck auf die Ladefläche zu werfen. Sein Kollege rauchte eine Zigarette und verfolgte, wie Henning aus dem Auto stieg und sich unschlüssig umsah. Weniger aus Absicht als aus Gewohnheit ließ er Rosine aus dem Kofferraum springen. Diese hob die Nase in die Luft, lief einmal um das Auto und dann geradewegs zu den beiden Männern.

»Moin«, grüßte Henning. »Keine schöne Arbeit bei der Kälte, was?«

Der mit der Zigarette blies den Rauch aus.

»Oh, das geht wohl.«

»Haben Sie gestern Mittag schon hier gearbeitet?«

»Gestern Mittag?«

»Ich suche nämlich einen entlaufenen Hund. Der soll gestern Mittag hier gewesen sein.«

»Nee, da war eine Beerdigung.«

»Ach, so. Wen könnte ich denn dann am besten fragen?«

Der Mann zuckte mit den Schultern.

»Ist keiner da. Vielleicht den Pastor.« Er wies mit seinem Zigarettenstummel zum Pastorenhaus.

Henning nickte. »Das werde ich tun. Besten Dank!«

Er rief Rosine und entfernte sich.

Hinter ihm sagte der Raucher, so laut, dass er es deutlich hören konnte, zu seinem Kollegen:

»Weißt du, wer das ist?«

»Nee. Wer denn?«

»Der Gassimann. Das muss der sein, den sie hier den Gassimann nennen.«

Henning stockte kurz in seiner Bewegung, ging dann aber weiter, als habe er nichts gehört.

An der Tür war die Frau des Pastors. Sie bat ihn hereinzukommen, ihr Mann käme sofort. Henning dankte, blieb aber wegen Rosine im Hausflur.

Der junge Pastor war ein leutseliger Mann und bedeutete mit einer Geste sofort, dass er Hennings Anliegen verstand und ihm helfen wollte, so weit es irgend in seiner Macht stand. Sein Mitgefühl für die junge Familie war groß. Wie denn ihr Name sei, vielleicht kenne er die Leute ja. Den beschriebenen Hund habe er tatsächlich selbst gesehen, er sei sogar zu einem kleinen Problem geworden, als er nämlich zusammen mit den Trauernden auf den Friedhof gelangt sei, auf den Hunde aus verständlichen Gründen keinen Zutritt hatten. Ein beherzter Mann habe aber sein Halsband zu fassen gekriegt und ihn durch eine Seitenpforte nach draußen gebracht, so dass die Trauerfeier nicht gestört worden sei. Später sei der Hund dann nicht mehr da gewesen.

Henning bedankte sich herzlich für die aufschlussreiche Auskunft, auch wenn er sich einen anderen Schluss erhofft hatte. Der Pastor wünschte ebenso herzlich gesegnete Feiertage und gab der Hoffnung Ausdruck, dass man sich vielleicht in einem der Gottesdienste sehen werde. Dann ging Henning mit Rosine zurück zum Auto.

Hier schien sich die Spur also zu verlaufen. Ohnehin half es nicht viel weiter, Leute zu finden, die Jojo irgendwann irgendwo gesehen hatten. Niemand schien auf die Idee zu kommen, einen herrenlosen Hund festzuhalten oder sich überhaupt weiter Gedanken über ihn zu machen.

Niemand außer dem Gassimann.

Zu Hause rief er als Erstes beim Tierheim an, für den Fall, dass Sonja Raveling noch nicht daran gedacht hatte. Dort war jedoch kein weißer Hund mit schwarzen Flecken abgegeben worden.

»Wo der Arme jetzt sein mag«, überlegte Isabelle, als sie am Abend eine Zeitung auf dem Küchentisch ausbreitete, Rosines Napf daraufstellte und zunächst den Boden gleichmäßig mit Schmatzo-fit bedeckte. Darüber verteilte sie übrig gebliebene Nudeln und ein großes Stück Hundewurst, das sie liebevoll kleingeschnitten hatte. Garniert wurde das Ganze mit einer geraspelten Möhre und verfeinert mit kaltgepresstem Leinöl.

»Sitz!« sagte sie und nahm den Napf in die Hand. Rosine lief schon das Wasser aus dem Maul.

»Mann kommt sich richtig gemein vor. Rosine kriegt hier im Warmen ihr schönes Futter, und der arme Kerl hat vielleicht schon seit zwei Tagen nichts gefressen und irrt durch die Dunkelheit und den Schnee...«

Zwei Tag vergingen. Sonja Raveling hatte noch einmal

Zettel zum Aushängen geholt, weil die Kinder keine Ruhe ließen, groß war ihre Hoffnung aber nicht.

Auf Hennings Plan standen für den Nachmittag verschiedene Besorgungen, für die es dringend Zeit wurde, denn am nächsten Tag war Heiligabend. Zum Beispiel hatten sie für Rosine noch kein Geschenk. Er fuhr nach Aurich und überlegte unterwegs, ob die übliche neue Flauschdecke mit dem Kauknochen darauf sie nicht langsam langweilen musste. Aber dann dachte er an seinen eigenen Heißhunger auf den immer gleichen Weihnachtsbraten und beantwortete die Frage mit nein.

Unter solchen Gedanken kam er durch Sandholt. Am Straßenrand sah er einen Mann mit einem billigen Plastikbäumchen aus einem alten Golf steigen. Ein kleiner, drahtiger Hund war dabei. Er musste zweimal hinsehen, um beide wiederzuerkennen. Es waren niemand anderes als Heiko Feldmann und Klitschko, letzterer wieder dünn wie vor der plötzlichen Fernsehkarriere. Er verfolgte sie im Rückspiegel, bis er abbog.

Also war die Suite im Hotel zum Bären wieder frei!

Zwei Straßen weiter kam er, ohne es beabsichtigt zu haben, am Tierheim vorbei und trat auf die Bremse. Wo er schon einmal hier war, warum nicht kurz reinschauen und fragen, ob Jojo zwischenzeitlich abgegeben worden war? Viel Hoffnung hatte er nicht, aber man konnte ja nie wissen.

»Leider nicht«, sagte die Leiterin, mit der er auch telefoniert hatte. »Eine Frau hat auch schon nachgefragt und ihre Nummer angegeben. Zwei Zugänge haben wir hereinbekommen, aber die sehen anders aus.«

»Tja, da kann man nichts machen.«

Vor ihm auf dem Tisch stand eine große Spendenbox, auf der ein kleiner Hund und eine Katze sagten: *Für unsere Näpfe*. Ihm fiel ein, dass er in diesem Jahr trotz aller Aufrufe noch überhaupt nichts gespendet hatte. Kurzentschlossen nahm einen Schein aus seinem Portemonnaie und schob ihn durch den Schlitz.

»Das ist aber nett!« Die kleine rundliche Frau war überwältigt. »Vielen Dank! Da werden sich unsere Tiere aber freuen! Möchten Sie vielleicht sehen, wie gut sie es bei uns haben? Ich zeige es Ihnen gerne.«

Zunächst unentschlossen, weil er an seine Besorgungen dachte, nahm Henning das Angebot dann doch an. Es konnte ja nicht lange dauern. Sollte Jojo nicht mehr auftauchen, dann gab es hier vielleicht einen Hund, der eine Familie suchte.

Eines sah er gleich, man bemühte sich nach Kräften, die Zwinger, die nötig waren, um die Hunde getrennt zu halten, mit Decken und Spielzeug erträglich zu machen. Aber es blieb natürlich ein Tierheim. Der erste Hund war ein schon älterer Boxer, der kaum ein Auge öffnete, vielleicht, weil er wusste, dass es sich um diese Uhrzeit nicht lohnte. Der zweite war ein Dackel, der gründlich seine Meinung über das mitteilte, was man ihm zumutete. Der dritte Hund sah Jojo durchaus ähnlich, nur war er nicht weiß mit etwas Schwarz, sondern außerdem auch rotbraun.

»Das ist einer der Neuzugänge. Wir haben ihn vorgestern geholt. Ein Rüde. Er dürfte sich gut vermitteln lassen, er ist ja noch jung.«

Henning ließ den Hund an seiner Hand schnüffeln und sagte ihm ein paar freundliche Worte.

»Das wäre vielleicht ein Hund, der passen würde, falls der andere nicht gefunden wird«, sagte er. Aber man musste natürlich abwarten. Weihnachten würde bei Ravelings wahrscheinlich traurig werden.

Ein zugängliches Wesen hatte der Hund auf jeden Fall. Hennings Blick fiel auf seinen Schwanz. Etwas daran war ungewöhnlich.

Er konnte in der Runde wedeln!

Es war kurz nach sechs. Durch das Fenster sah Henning, dass Sonja Raveling damit beschäftigt war, Lichterketten in den Weihnachtsbaum zu flechten. Er klingelte.

»Oh, hallo! Kommen Sie rein! Gibt es was Neues?«

»Sind die Kinder zu Hause?«

»Ja, warum?«

»Ich habe was mitgebracht, das ich ihnen zeigen möchte. Geht das?«

Sonja Raveling rief die Kinder. Henning ging zum Auto. Als er ins Haus zurückkam, waren alle im Flur versammelt. Das Geschrei war hysterisch, als sie Jojo sahen.

»Das ist ja kaum zu glauben! Oh, wie schön!« Der Mutter kamen vor Freude die Tränen. »Wo haben Sie den denn bloß aufgegabelt? Moment mal – ist er das denn überhaupt?«

»Ja, das ist er, ganz sicher. Er war schon seit zwei Tagen im Tierheim. Nur, dass er nicht mehr der schwarzweiße Hund war, nachdem wir gefragt haben.«

Eigentlich durften die Kinder nicht mehr ins Wohnzimmer, weil dort der Baum geschmückt wurde. Jojos glückliche Wiederkehr rechtfertigte aber eine Ausnahme. Im Moment interessierte sie auch viel weniger der Baum als wie Jojo zu seinem prachtvollen rotbraunen Fell gekommen war.

»Eine Frau aus Raxtum hat noch an dem Tag, an dem er ausgerissen ist, beim Tierheim angerufen. Sie war nachmittags von der Arbeit gekommen und ihr war ein Hund aufgefallen, der da im Wohngebiet herumlief. Er war nämlich sichtbar müde und ziellos. Vom Tierheim konnte aber niemand noch am selben Abend kommen und sie selbst hat kein Auto. Also nahm sie ihn mit in die Wohnung. Das hat sie mir übrigens alles selbst erzählt, ich habe ihre Nummer vom Tierheim bekommen und gleich angerufen.«

»Und wie ging es dann weiter?«

»Abends hatte sie eine Verabredung auf dem Weihnachtsmarkt mit ihrer Volleyballtruppe. Weil sie nicht wusste, was der Hund allein in der fremden Wohnung anstellen würde, nahm sie ihn einfach mit. Und da passierte es dann.«

»Was passierte dann, was?« wollten seine ungeduldigen Zuhörer wissen.

»Auf dem Weihnachtsmarkt, müsst ihr wissen, passieren die komischsten Sachen, wenn die Leute Glühwein trinken müssen, weil ihnen kalt ist. Es war an diesem Abend so, dass eine Runde Glühwein nicht so richtig heiß war, wie sie sein sollte. Darum stellten die Volleyballer alle ihren Becher zurück auf das Tablett und wollten es wieder zum Stand tragen und sich beschweren. Aber dazu kam es gar nicht. Der ganze Glühwein landete auf eurem Jojo.«

Die Empörung war so groß, dass er beinahe sicher war, dass keines der Kinder jemals Volleyball spielen würde.

»Aber Glühwein ist doch rot. Warum ist Jojo dann braun?« fragte die Mutter.

»Die Frau hat ihn gleich zu Hause in die Dusche gestellt und gründlich einshampooniert. Es muss wohl irgendeine Reaktion mit dem Shampoo gegeben haben.«

»So was Verrücktes habe ich ja noch nie gehört.«

»Und den Rest können Sie sich denken. Am nächsten Morgen haben die Leute vom Tierheim Jojo geholt. Weil wir nur nach einem weißen Hund mit schwarzen Flecken gefragt haben, bekamen wir jedes Mal eine negative Antwort.«

Nachdem nun alles geklärt war, bekamen Jojo und Rosine den Inhalt fast einer ganzen Schachtel Hundekuchen und Henning einen – Glühwein.

»Dann kann es jetzt ja Weihnachten werden bei Ihnen«, sagte er. »Wann kommt Ihr Mann nach Hause?«

»Er müsste eigentlich schon da sein, er hat vorhin angerufen.«

Die Kinder fingen plötzlich aufgeregt untereinander an zu flüstern.

»Papa darf davon nichts wissen!« sagte die Älteste dann mit großem Ernst. »Er darf nichts davon wissen, dass Jojo weggelaufen ist!«

Ihr Versagen schien ihr immer noch Qualen zu bereiten. Und vielleicht befürchteten alle drei auch Auswirkungen auf die Zahl der Geschenke.

»Wir müssen uns was ausdenken!«

In diesem Augenblick war die Haustür zu hören. Die Kinder erstarrten.

»Nanu, was ist denn hier los?« fragte der heimgekommene Familienvater, als er zwei Minuten später ins Wohnzimmer sah. »Hallo, Herr Wiese!«

»Hallo, Herr Raveling! Ich bin nur hier, weil ich ein schlechtes Gewissen habe. Ich habe nämlich Ihrer Frau einen ganz schlechten Hundesalon empfohlen. Sehen Sie mal, was die mit Ihrem Jojo angestellt haben!«

»Ach, Gott, wie sieht der denn aus?«

Dann fügte er verblüfft hinzu: »Kaum zu glauben, so ein Zufall. Wisst ihr, was ich in Nürnberg auf dem Christkindlesmarkt erlebt habe? Das glaubt ihr nicht, wenn ich es euch erzähle. Da haben Leute versehentlich ihren Hund mit Glühwein überschüttet. Ja – mit Glühwein! Sie waren im gleichen Hotel. Am nächsten Morgen sah er aus wie Jojo!«

Es war der vierundzwanzigste Dezember. Der Tag verging mit allerlei Dingen, die noch erledigt werden mussten. Ungefähr seit drei Wochen plagte Henning die alljährliche Angst vor dem Moment, an dem er, ausgerüstet mit Papier, Schere und Schleifenband, vor Isabelles Geschenken stand. Aber dann war auch das irgendwie geschafft. Jetzt konnte er endlich an die angenehmeren Dinge denken, die kommen würden.

Etwa um halb sechs Uhr rasierte er sich und zog ein frisches Hemd und eine gute Hose an. Dann gesellte er sich zu Rosine, um solidarisch mit ihr zusammen auf die Geräusche in der Küche zu lauschen. Das Betreten der Gefahrenzone vermieden sie wohlweislich.

Gegen sechs dann öffnete er doch kurz die Küchentür.

»Insa hat eine SMS geschickt«, meldete er. »Sie kommt eine halbe Stunde später, so um halb sieben. Ob wir noch warten können mit dem Essen.«

»Ach, was. Das wird ja immer schöner!« machte Isabelle ihrem Ärger Luft. »Eigentlich müssten wir trotzdem anfangen. Aber ich bin sowieso nicht vor halb sieben fertig.«

»Warum regst du dich denn dann auf?«

»Weil wir gesagt haben, dass wir um sechs Uhr essen!«

Hennings feines Gespür sagte ihm, dass er im Augenblick nicht gebraucht wurde.

»Dann gehe ich noch so lange mit Rosine raus«, sagte er.

»Mach das, das ist eine gute Idee.«

Henning brauchte keine Lampe, weil der Schnee für ausreichende Sicht sorgte. Er ging ein Stück die Straße hinunter und bog dann in einen Fahrweg ein, der in die Felder führte. Es war sein bevorzugter Weg für die kurzen Spaziergänge am Morgen und am Abend.

So schnell war also wieder ein Jahr vergangen. Viel hatte sich in der Zeit nicht geändert. Rosine war immer noch ein beinahe junger Hund. Die Wege, die sie zusammen gingen, waren mehr oder weniger die gleichen geblieben. Viele ihrer Freunde von den Gassiwegen waren auch vor einem Jahr schon da gewesen, und von den neuen, die dazugekommen waren, mochte man eigentlich keinen einzigen missen.

Sie gingen nicht weit, sondern kehrten um, sobald alle notwendigen Geschäfte verrichtet waren. Das war ganz in Rosines Sinn, die die Zeichen aus der Küche keine Sekunde lang vergessen hatte.

Bevor sie wieder zurück an die Einmündung kamen, verliefen Weg und Straße ein Stück parallel. Dazwischen lagen ein Graben und ein Wall mit Bäumen. Von diesem Wall war auf einmal ein Rascheln und Knacken zu vernehmen und fast im gleichen Augenblick auch von irgendwoher eine schwache Stimme. Die Zeit reichte kaum, sich zu fragen, was das sein und wer da rufen mochte, da sprang auch schon ein großes Tier vor Henning auf den Weg. Seine Augen hatten sich an die Dunkelheit gewöhnt, so dass er einen Schäferhund erkannte. Ohne sich um Rosine zu kümmern, lief der geradewegs auf ihn zu und – pinkelte ihm ans Bein.

»Hanno«, rief die Stimme. Die Umrisse der dazugehörigen Person waren jetzt jenseits des Walles auf der Straße erkennbar. Es war ohne Zweifel die Frau mit dem Schäferhund.

»O Gott!« rief sie zu Henning hinüber. »Er hat Sie doch nicht nass gemacht? Hanno, komm sofort her!«

»Ich fürchte, doch!« antwortete Henning.

»Entschuldigung! Entschuldigung! Ich habe heute hier mit niemandem gerechnet! Das ist mir so peinlich! Er versucht das bei allen Männern. Ich kann gar nicht normal mit ihm spazieren gehen. Können Sie sich das vorstellen?«

Henning konnte es sich sehr gut vorstellen. Er spürte es warm an seinem Bein.

»Machen Sie sich keine Gedanken!« beruhigte er sie trotzdem und war schon froh, dass Hanno gleich wieder von ihm abgelassen hatte. »Es ist ja keine Katastrophe.«

»O Gott, ist mir das peinlich!«

»Wirklich, ich habe fast nichts abbekommen.«

»Trotzdem, das hätte nicht passieren dürfen!«

Die klatschnasse Hose brauchte nur Sekunden, um sich eiskalt an sein Bein zu kleben. Es war kein angenehmes Gefühl. Er kannte es von einseitigem Schlagregen.

Unterdessen hatte Hanno zu seinem Frauchen zurückgefunden und wurde mit ernsten Worten an die Leine genommen.

»Enschuldigen Sie nochmals!« bat die Frau. »Ich hoffe, Sie sind nicht zu böse! Ich gehe jetzt lieber schnell mit ihm nach Hause!«

»Das würde ich auch gerne tun«, sagte er leise, so dass nur Rosine es hören konnte. »Aber ich mag gar nicht gehen.« Unentschlossen stand er in der Winternacht und bewegte vorsichtig sein nasses Bein.

Dann rief er in die Dunkelheit: »Ach, ja – und fröhliche Weihnachten wünsche ich schon mal!«

Außerdem im Schröders Hundeleben Verlag
von Jörg Schröder erschienen:

Senta hat Migräne
Ausreden für Hundehalter
Wer einen Hund hat, hat immer eine Ausrede!
96 S., mit 21 Zeichnungen.
ISBN 978-3-981-08669-0

Liebes Frauchen!
Briefe von unverstandenen Hunden
Was Hund seinem Herrchen oder Frauchen schon lange sagen wollte.
66 S., mit 33 Zeichnungen.
ISBN 978-3-981-08660-7

Heute Herrchens Schuh seziert
Tagebuch eines Hundes
Endlich Aufschluss darüber, was im schlappohrigen Hausgenossen wirklich vorgeht.
100 S., mit 31 Zeichnungen.
ISBN 978-3-981-08661-4

Fröhliche Waunachten
Eine Weihnachtsgeschichte mit Hund
Der junge Hund der Nachbarn zeigt einem alten Griesgram, wie schön Weihnachten sein kann.
80 S., mit Zeichnungen.
ISBN 978-3-981-08662-1

Deutsch für Jederhund
Wichtige Begrifflichkeiten aus der deutschen Sprache hundeverständlich erklärt.
80 S., mit 8 farbigen Illustrationen.
ISBN 978-3-981-08667-6

Deutsch für Jederhund II
Der zweite Teil des erhellenden Werkes.
80 S., mit 8 farbigen Illustrationen.
ISBN 978-3-981-08668-3

Der Berg bellt
Eine Feriengeschichte mit Hund
Man kann Familienurlaub auch ohne Hund machen, aber es gibt weniger zu erzählen!
84 S., mit Zeichnungen.
ISBN 978-3-981-08665-2

Leseproben, Neuheiten, Cartoons und mehr
finden Sie im Internet unter
www.schroeders-hundeleben.de